**3**

**THE
HAZE
HUNTER**

3 迷雾天使

王敏 著

作家出版社

爱新爵萝

雾小霏

水玲珑

小川

玛丽塔

## 目 录

第一章　　海上奇观　　　　　　　　1

第二章　　小川引发的议论　　　　　9

第三章　　核能超人　　　　　　　　14

第四章　　富贵少爷的烦恼　　　　　23

第五章　　不男不女的厕所　　　　　29

第六章　　神奇的霾病毒　　　　　　36

第七章　　被嫌弃的爱新爵萝　　　　42

第八章　　贵族培训班　　　　　　　49

第九章　　绝望中的救助　　　　　　56

第十章　　该死的孩子却活着　　　　63

第十一章　黑暗十分钟　　　　　　　71

第十二章　霸凌　　　　　　　　　　77

第十三章　　翡翠园遭到袭击　　　**85**

第十四章　　雾霾和白影子　　　**93**

第十五章　　诅咒应验了　　　**101**

第十六章　　真假小霾　　　**108**

第十七章　　彼岸花盛开之日　　　**114**

第十八章　　白影子大决战　　　**122**

第十九章　　雾·杀　　　**129**

第二十章　　青苔皇家医院　　　**136**

第二十一章　　不一样又怎样　　　**142**

第二十二章　　迷雾天使　　　**147**

# 第一章
## 海上奇观

亲爱的读者——就是正捧着这本书的你，还记得你最幸福的时刻吗？

有人是获得奖牌的那一瞬间；有人是追到女神的那一天；而小川就是现在了，他圆满完成任务——终于捉住了小霾，水玲珑选择做好人，他再也不用担心有人杀玛丽塔了。

小川坐在游艇甲板上吹着海风，这是不曾有过的轻松时刻，这是带着收获喜悦的满足放松，这是人生最幸福的时刻。

游艇是爱新爵萝家的，也是他邀请小川出海玩的。

爱新爵萝最近很是春风得意，他的爷爷把他送出去锻炼，觉得收获颇丰：捉住了小霾，让爱新爵萝扬名立万；捐出了巨款，让爱新家族落下慈善的美名；制作的小霾毛绒玩具，卖出了足足五百万个，赚到的钱是捐出去的两倍。爷爷心情大好，于是奖励爱新爵萝一艘游艇。爱新爵萝就约小川一起开新游艇出海。

不管怎么说，他是和小川一起伏霾的。目前猎霾战队就四个人：水玲珑暂回荔波小七孔重建家园；玛丽塔在医院；他只能邀请小川进行新游艇处女航——去海上兜风。

新游艇驶出码头，朝宽阔的海面上开去，远远地能看见关塔纳魔湾监狱。怪不得商家都聚集在此做生意。关塔纳魔湾真的很美，长长的海岸线，洁白的沙滩。

小川光着脚站在甲板上，看见许多游人把霾所在的监狱当背景来拍摄照片。

他笑了！被他制服的小霾就关在这座监狱里。小川可以心无牵挂地休息，他感觉世界如此美好！

小川非常兴奋，他第一次乘坐这样豪华的游艇。他拉低遮阳帽，躺在真皮椅上晒太阳。看着大海无边无际连接着蓝天，听着海鸥鸣叫，吹着清凉的微风，他太幸福了。

他拿起手边小桌上的冰饮——一杯带着柠檬片的冰红茶，喝了一口，冰凉舒爽。然后他就在躺椅上悠然看风景。忽然发现远处有三座小岛，他很想去看看，他似乎觉得应该去看看。好像他一直在寻找某个小岛，真是一股莫名其妙的情绪。

小川坐起来，想建议爱新爵萝前往岛屿，却看见他正对着一面小镜子摆弄他的蜂蜜茶色头发。

小川瞅了一眼，他觉着亚麻与棕色混合的蜂蜜茶色头发适合女孩子，爱新爵萝一个男孩子不应该有这样的头发。小川抓了抓自己的头发，心想，不要嫌弃爱新爵萝了，他自己的头发也不咋的，他是粉紫中带灰色的头发。老医生说他身体缺乏黑色素，才导致头发是粉紫中带灰色。他遭受核辐射之后，长出了不正常的头发。小川盼着自己的身体快快恢复，快快长出正常的黑发。

但爱新爵萝却羡慕地说他那是超美的薄藤色头发。说实话，小川至今没有弄清楚薄藤色是什么颜色。

爱新爵萝照完镜子，手提两副渔具过来，把其中一副放在小川胸口，让小川和他一起海钓。

小川建议去岛上玩。爱新爵萝说他已经去过，岛上只有长满苔藓的石头和树，还有许多吸血的昆虫。上次，他本想去岛上溜达一圈的，可蠓虫差点儿把他吃了。

小川知道蠓虫和蚊子一样吸人血。被蠓虫叮咬后，会奇痒难忍。一般有蠓虫的地方，都是无人居住的。小川有些失望，就接过鱼竿来钓鱼。

游艇上有专门海钓的位置，小川用力甩出鱼钩，就坐下来盯着浮子。他内心感觉要寻找某些人，好像他与那些人有约定。仔细想了想与什么人有约定，就是想不起来，他有些失望。

游艇上的服务员给他们端来精美的甜点，小川觉得太奢侈了。爱新爵萝不愿意吃甜点，他要吃鱼生。

"对不起少爷，没有鱼。"身穿制服的服务员说。

"你让厨师准备调料吧，鱼一会儿就来。"爱新爵萝告诉他。

爱新爵萝很快就钓到了一条"壮鱼"，穿着白制服戴着高帽子的游艇厨师掂量了一下，足足有七百五十克，正适合做鱼生。

鱼生，就是生鱼片！

小川总是把鱼做得很腥，无论他怎么努力，放了好多姜丝，总是无法去掉腥味。可游艇上的厨师却能把一条鱼做出花来——到了午饭时分，厨师端上来一盘摆放成菊花形状的生鱼片，漂亮至极：鱼片仅有零点五毫米的厚度，薄如蝉翼，晶莹剔透。

鱼生配料就有十几种：蒜片、姜丝、葱丝、洋葱丝、辣椒丝、豉油、花生碎、芝麻、指天椒、香芋丝、炸粉丝……

小川还没有吃过这么复杂的鱼生——他根本不知道怎么吃。

爱新爵萝教给小川怎么吃，"根据自己的喜好，挑好配料，加上油、盐、糖和冰好的鱼生，一起在碗里拌一拌，然后立马将鱼生佐料调料一口吃进嘴里。"

小川按照他教的方法去吃——鱼生冰凉爽滑的口感瞬间令他畅快非常，再仔细咀嚼，各式香、辛、酸、甜的佐料更将鱼生之鲜美尽数带出，满口溢香，回味无穷，真叫人欲罢不能。

在炎热的中午吃这道菜——爽滑清甜，真的很适合！

爱新爵萝介绍说，这是他们家特地请来的名厨，会根据季节和天气给他们做出可口的饭菜。

平时都吃这么高水平厨师做的饭菜，小川觉得爱新爵萝一家太幸福了。

吃过鱼生，小川有些打瞌睡，就在躺椅上来一场午后小憩。他躺下来看海面，已经看不到关塔纳魔湾了，游艇带着他们驶向了公海。

此刻，大海像一面镜子，那么干净，那么美丽，那么宁静！小川感觉自己就在纯净的天堂里，海水清澈，云朵像洁白的棉花飘在蓝天上。

他感觉这场景很熟悉，似乎见过。

什么时候见过？

他一边回想，一边躺着欣赏云朵。他喜欢看云，蓬勃的朝霞，橘红色的晚霞，阴天下雨时铺天盖地的黑云，晴天阳光下如棉花糖的白云。云朵千变万化，有多种形状。小川自由地畅想着：云也会有心情吧？雨天的阴云就是心情不好在发泄；彩霞就是云穿上漂亮的礼服去参加晚宴；夏末秋初的云，就和他一样悠闲吧？

小川的思绪漫无目的地飘着，看天上的云朵在变幻形状：一会儿像个小羊羔；一会儿像个大狗熊；那白云变幻，好像坐起来，变成了一个白衣天使。

啊，看啊！真像个天使，仙气十足，白发如雪，一尘不染。还有一双洁白漂亮的翅膀。

太像了！小川心里感叹着。忽然，远处有鲸鱼跃出水面。

小川看着两条鲸鱼在海水里嬉戏，就更加确定这个场景他见过。他记得很清楚，他曾经在海上看见过鲸鱼群——这还是

那些鲸鱼吗?

鲸鱼正悠然嬉戏,突然发现天空有一个暗影下来,它们便惊叫着钻进水下游走了。

小川抬头看那暗影,是一片白云,就是那像天使的云朵。

这云朵轻飘飘地落下来——不,是白衣天使展开翅膀轻飘飘落在了海面上!太美了!小川沉醉在这海上奇观中。

他看见了什么呀?白云变成天使展翅飞落到海面上?他突然想到,云朵不可能掉在海面上。

刚才,他迷迷糊糊睡着了吧?小川坐起来摇摇脑袋,他没有睡着,也没有做梦,更不是看花眼。海面上太纯净了,他看得清清楚楚——是洁白的天使展翅从空中飞下来,轻轻地落在海面上。

现在,这海上奇观还未消失,能看得一清二楚。

天使是个干净的男子,形象高贵,一尘不染,就连天使的长袍也是云做的,散发出神圣的光辉。小川能看见天使脸上的忧郁表情。

天使似乎没有注意到海面上的游艇,正身轻如云脚不沾水,在海面上如履平地般走向鲸鱼群消失的方向。

小川傻呆呆地盯着,他太震惊了,他对这个天使很熟悉,他确定自己看见过天使落下来的景象。

那时候,他独自漂泊在海上,以为自己快要死了,他就看见了这个天使。

当时，他以为是天堂，以为自己的灵魂升天才看到天使。他还记得他吃了一条生鱼。后来，他就看见了陆地大树，遇到了玛丽塔。他记得当时还看见了一只小狸猫过来，那狸猫发出可怕的狮吼。

记忆中，许多东西都不合理，狸猫怎么能发出狮吼呢？天使怎么会落到海面上呢？

大概是他当时遭受了核辐射和药物作用，头脑不清醒出现的幻觉——看见天使落下来，听见狸猫发出狮吼。

但现在，没有任何药物致幻，他只是吃得太饱了有点瞌睡。他又看见白云变成天使落下来，这是怎么回事？

# 第二章

## 小川引发的议论

爱新爵萝肯定小川脑子有问题。

他当时就在游艇房间里午睡，小川冲进来，说看见白云变成天使落下来。那天使还有翅膀，形象高贵眼神忧郁，说得有鼻子有眼。

爱新爵萝让游艇开到小川指定的地点——天使落下来的地方，没有发现任何异常。

天上白云千变万化，像天使也不奇怪！爱新爵萝肯定是天上白云倒映海面上，小川产生了错觉。

小川坚称自己没有看错。他当时太惊讶了，直到天使走得看不见了，他才回过神来。瞅了瞅甲板上，大家都不在，没有人能证明天使坠落海面是真的。

他们就去问游艇上的服务员，服务员没有看见天使。厨师说他看见了，但他看见的云像一头大肥猪——白白胖胖的。

爱新爵萝就断定小川的脑子出现了幻觉。小川知道自己脑子有问题，可眼睁睁地看见白云变成天使跳下来，而且同一个天使他看见了两次，这不能不令他感到惊讶。

小川出海游玩了一天，心事重重地回来了。他不知道该不该告诉老医生。想到老医生也有可能断定是他脑子有问题，他就决定不说了。

他去病房继续守着玛丽塔。

青苔皇家医院特地给玛丽塔一个单人病房，还附带着一间类似客厅的地方，供看护人员休息。但小川不习惯在休息室，他养成了趴在玛丽塔病床旁边的习惯。他守在病床边上，翻看关于霾的资料。这是一百年前，捉住小霾的那位猎霾战士写的日记。

阿里木教授说过小霾是两栖动物，也推测过它是新生物种。而这个日记本上，则推断小霾是物质，有些类似化学元素。

霾能像化学元素一样变化？小川来了兴趣，觉得这日记很有意思。在陪着玛丽塔的时候，他就翻看日记。

小川正看得津津有味，阿里木教授带着一男一女两个助手过来了，小川和他们打招呼，赶快让出床边的位置。

他们准备给玛丽塔做一个义肢，阿里木教授交代助手取模，他要去找老医生聊聊。

助手取模，小川去休息室给他们倒水。

阿里木教授跟过来，他忽然拉住了小川的手揉捏着问："你还好吗？"

"我——好啊!"小川感到莫名其妙。平时,教授过来,都是问玛丽塔还好不好,今天却特地握着他的手问。小川很好啊!这可以看出来的,他越来越强壮了。

教授抓住小川的手,还趁机摸了摸他的胸膛,又揉揉他的头发,最后还捏了捏他脸颊上的肉。

哎呀,这是干什么?好像非礼啊!小川挣脱。

阿里木教授深深地看了小川一眼,走进了老医生的值班室。

小川看着教授的背影,搞不清他刚才是什么意思。他嘀咕着倒了两杯水,准备端给助手,却听见病房中两个助手正在议论他。

"就是他呀?"女助手的声音,"只是头发跟人不同,看不出其他特别的。"

小川端着两杯水站在门口,他可以从窗户玻璃反射看到男助手正给模具倒入石膏。两位助手都是年轻人,一脸好奇,带着新鲜劲儿。

"还不特别吗?教授说小川简直不能算是人了。"

小川有些生气,准备踢开门进去。就在他抬脚的时候,又听见那个女助手说:"那他算超人吗?"

"漫威电影看多了吧?"男助手讽刺的声音,"他是核辐射导致基因变异,充其量也只是生化变异人!"

"他身上那核反应堆物质残留怎么解释呢?"女助手追问。

"只是推测,"男助手说,"真的掉入核反应堆还能活着出来，那他就算核能超人了。但现实中没有这种可能，进入核实验室不穿防护服就会死掉，更何况是核反应堆。"

"除了反应堆或者核能实验室，"女助手说，"我想不到小川还能在什么地方接触到核能。"

"是啊！"男助手也感叹道，"那核污染，正常人不可能活。"

这是在议论他吗？小川迷惑了，他不记得自己进入过核能能实验室，也没有听说什么核能超人啊！

里面两位助手一边工作，一边兴致勃勃地聊着，女助手在好奇小川的变异是不是和蜘蛛侠一样，能飞檐走壁。

男助手在感叹霾怪兽竟然无法腐蚀小川，真想切下点小川的肉拿回去研究。

怎么聊着聊着，就要割他的肉来研究呢？小川看了看手里端的两杯茶，又放了回去，让这两个爱说闲话的助手口渴吧。

不过，他怎么可能是超人呢，两个助手在开玩笑吧？

小川想起教授给他做的各种检查，还没有问结果呢。看来他需要去问问，如果自己某些地方不对劲，是不是能看见白云变成天使？

小川去找教授，发现他和老医生正在值班室吵架。老医生样子很愤怒，他摇着头说不行。

"等小川自己想起来？要猴年马月？"阿里木教授十分着急的样子。

"他是活生生的人！"老医生提醒。

"他不是人了。"阿里木教授反驳。

"你总不能拿刀割他一块肉，看他是不是刀枪不入吧？"老医生气得坐回凳子上，忽然发现小川就站在门口，"小川不会同意，你拿他去做实验。"

阿里木教授也看见了门口的小川，就一把抓过他，扯掉他的T恤，拍着他胸口的肌肉说道："你不想知道吗？摸起来跟我们一样的皮肉，霾怪兽却腐蚀不了，难道刀也砍不烂吗？难道会缩小放大吗？里面究竟蕴含了什么能量？你不想知道吗？"

# 第三章

## 核能超人

小川明白了，教授为什么对他又摸又捏，原来想拿他当实验品。

他也知道阿里木教授为何跟老医生吵架了——老医生不准他拿小川做实验。

小川捡起阿里木教授扔在地上的T恤穿上。他摇摇头，说实话，他根本就不相信什么超能力，他们肯定逗他玩的。

老医生严肃地警告阿里木教授，不能再乱动小川的身体！"如果你们破坏了他的皮肤，导致他的超能力破坏，再有霾怪兽袭击，就没人替你们阻挡霾怪兽了。"

阿里木教授听到这话，认为说得有道理，同意不再拿活的小川研究。

"那你要保证，小川死了之后，尸体优先给我们霾研究所。"他拿出一个合同要老医生和小川签名保证。现在有三个国家的研究机构都在抢着预订小川的尸体，每一个国家都想弄清楚他这个变异人有什么特殊能力。阿里木教授要保证优先抢到手。

"你说什么啊，教授?"小川不满意了。

"你死了，我们要你的尸体进行解剖研究!"阿里木教授坦诚道。

小川想起阿里木教授给他检查身体的时候，连他身上一根汗毛都不放过，又是透视又是扫描，还用大针筒抽走了几筒血，分给不同的医生去化验，非要检查个透透彻彻。如果有机会，阿里木教授肯定想要亲自划开小川的身体看一看。

"你不会如愿以偿的，"小川对阿里木教授说，"从年龄上看，我不会死在你前面的。"

老医生笑起来，"哈哈，这话说得很对。"

阿里木教授毫不掩饰一脸的失望。

"上次的身体检查，是不是出了什么异常?"小川问，"因此你们才开这样的玩笑?"

"开玩笑?"阿里木教授生气了，"你知道那次检查花了多少钱吗?"

他们给小川检查之后，便发现小川身体变异了。为了确定这是真的，霾研究所把小川的血分别送到花夏之国、蔓青国等所有顶尖的血液机构化验。

"经过数十家专业机构验证，你的基因发生了异变。"阿里木教授告诉小川。

"异变?"

阿里木教授点点头，"霾能把人、石头腐蚀粉碎，却不能腐蚀你的身体，你有了抵御霾的能力。"

小川想起第一次伏霾大战，有个皇家勇士也穿了防霾服，但他成了粉末。小川落在霾身上，并且还穿过霾怪兽的身体，却毫发无损。他没有成为粉末，说明他能抵抗霾，而夏嬷嬷却烟消云散了。

"为什么我能？"小川有些难过，夏嬷嬷不能，那位皇家勇士也不能。

阿里木教授拿起摊在桌子上的化验单，这是经过好几个国家检验的结果，"你的血液变了，跟人类的血不一样。"

跟人类的血不一样？小川没有听懂，他不就是人类吗？

"你不是 A 型血，不是 B 性血，也不是 O 型血，更不是 AB 型，你跟任何人的血型都不一样。"教授解释。

"那我是什么血型啊？"小川问，总要有个名称吧，大家的血型都有名称。

"你是 XO 型血。"阿里木教授严肃道。

"纳尼？XO？人头马？白兰地？哈哈！"教授刚才还否认不是开玩笑的，小川惊讶之下冒出了一句东樱岛国的语言。

看到小川哈哈大笑，老医生便严肃地解释，"这不是开玩笑！你是世界上唯一一例 XO 血型。"

这就意味着，如果有朝一日，小川缺血，他就找不到相同的血型输血。他失血过多就是死路一条，没的抢救。老医生正发愁得不得了呢。

小川发挥了他的乐观性格,"那我就是——珍稀动物了,唯一一个!"

老医生正为他难过,听见他这么调侃自己,也笑道:"哈哈,你不是珍稀动物,你是珍稀人类!"

"那我是不是像蜘蛛侠一样,有超能力?"小川满怀期待地问。

"你以为钢铁侠、蜘蛛侠、蚁人很厉害吗?他们只是初代超能力者,而你——"教授看了小川一眼,严肃道,"你是新生代超能力者,你是核能超人。"

阿里木教授又掀起小川的上衣,捏了一把他胸脯的肌肉,"这身体,可能不用装备,就像钢铁侠坚不可摧,也许还有像蚁人那样的变化能力。"

啊?这不能吧?小川不相信,摸了摸自己的胸脯,感觉跟之前一样。

"我们也不敢相信,"老医生说,"可你的身体蕴含了神奇的能量。"

小川不是普通的核变异,好像还有什么不明药物作用。老医生肯定这个药物很特别。以他从业一辈子的经验,他确定不是一般医院开出来的药物。

阿里木教授更是大胆推测,应该是顶级技术机构研发的新型药物。小川是从幸福岛出来的。幸福岛有七大国最顶尖的原

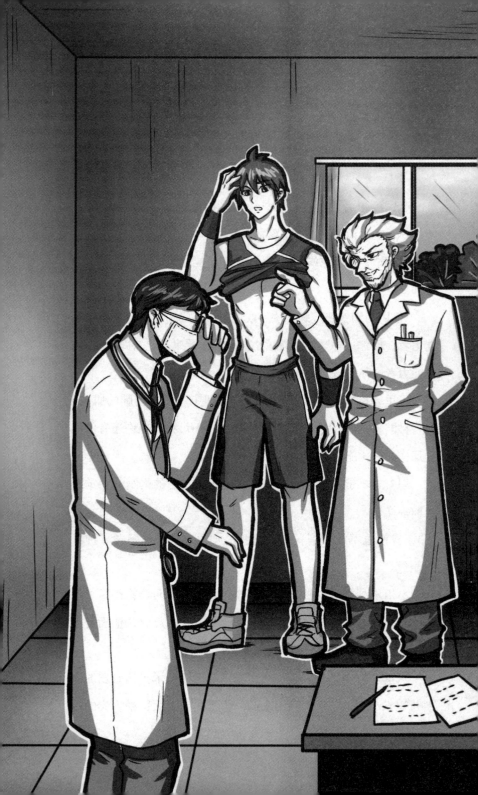

子能机构，也许小川吃了他们研发的什么药物。

老医生让小川好好想想，吃过什么特别的东西。他想弄清楚小川吃过什么才有这般神奇能量。

小川努力回忆，他记得自己吃了一条生鱼，就是在海上漂泊的时候吃的，不是鱼生。

生鱼不可能导致基因变异，老医生让他回忆吃鱼之前，还吃了什么。

吃鱼之前，小川就没有印象了，他绞尽脑汁就是想不起吃过什么。不过，他记起来一些味道。他脑子不记得，但是他的身体还记得那种感觉——到了喉咙中滑滑的、凉凉的，吃下去胃很疼，很想呕吐。他好像没有吃的，没有水喝，他就喝下了那些东西。

教授根据他说的话进行了一番推测。喝的东西，应该是液体。如果刺激胃疼，就不是饮料！他就推断这是一种很神奇的药物，能改变小川的肌肉和血液。

"能把你变成对付霾怪兽的超级战士！"阿里木教授肯定。霾怪兽所向披靡，没有人、没有武器能抵御，而小川是地球上唯一一个能抵御霾怪兽的人！

阿里木教授又进一步猜测小川不是巧合吃错了药物。

或许他本身就是幸福岛上的核能机构研究出来的超级战士。九级高强度地震加上核能大爆炸，能把周围四个附属岛屿沉入海底，活物无一幸免，所有人都死了，小川为什么能活下来？

只能推断他根本就不是人，是幸福岛研究出来的专门对付霾怪兽的超级战士。

听到阿里木教授的推测，小川惊讶得合不拢嘴，他一点儿都不记得有什么研究！

小川看向老医生，他一向稳重，他说的才比较可信。

老医生不想小川知道幸福岛的过去，这会很痛苦。而阿里木教授是个科学家，就那么直来直去，告诉了小川幸福岛爆炸的事情。

"没有定论之前，一切都是推测。"老医生告诉小川，"目前没有任何证据证明小川不是人。对于科学家的大胆推测，小川不用介意。"

小川点点头，他相信老医生的话。不过，"如果我真是核能变异人，是不是能看见天使？"小川给他们讲述了看见白云变成天使落下来的事情。

阿里木教授和老医生对望了一眼，他们紧张起来，小川记忆的东西都与霾有关。

小霾千万不要再出什么问题了！

他们都没有想到，真正的问题，出在爱新爵萝身上。

翡翠园内，爱新爵萝走过展厅。

这偌大的奢华房子内摆满了绿骨头雕刻的艺术品，有的绿骨头做成了手镯，爱新爵萝知道，这是富贵太太——特别是奶奶喜欢戴的；小块骨头雕刻成绿玉戒指——这是富翁喜欢戴的；碎骨头雕刻成耳环、项链——只有明星佩戴得起；还有的根据形状，雕刻成绿玉观音，小的会挂在豪车上保平安，大的被信仰的人供奉着早晚朝拜。所有绿骨头都不会浪费，全部被雕刻成各种精美艺术品，放在豪宅柜子里，向人们炫耀所有者的富有。

爱新爵萝对这些价值连城的精美工艺品司空见惯，他目不斜视地走过去。路过一副完整的绿骨头，他知道这才是最值钱的，一般人买不起。他记得小时候能同时看见五六副完整的人体骨架，把他吓得哇哇大哭。不过，现在，完整的人体骨架越来越少了，他家里也是仅剩一副。

爱新爵萝快速走过去，他一直不喜欢这种绿骨头，总觉得散发出一股阴森之气，让人不寒而栗。

他觉得少了也好，免得他担惊受怕。而爷爷却愁眉苦脸，天天发愁这门生意要断送在他的手里——现在，越来越难以弄到绿骨头了。做了几百年绿骨头贸易，他们家从来就不生产产品——绿骨头不是制造出来的，而是他家的猎人猎杀回来的，达鲁花赤就是专门雇来猎杀绿精灵的。他们喜欢刀与血，喜欢猎杀丛林的动物。

爱新爵萝就不喜欢凶猛的猎人，也不喜欢冰冷的绿骨头，他只爱毛茸茸的小霾玩具。他搞不明白为何有人喜欢阴森森的绿骨头，那么贵重，冰冷冷，不能抱着睡觉。而小霾毛绒玩具，摸起来好舒服。

　　爷爷本来看不上毛绒玩具，才一百禄币一个，卖好多还不如一块绿骨头赚钱。他制造毛绒玩具，并不是为了出售，只是为爱新爵萝宣传的。没有想到毛绒玩具比孙子还受欢迎，一下子卖出五百万个。爱新政德可高兴坏了，于是，成立玩具设计室，开始大量生产小霾毛绒玩具。

　　爱新爵萝穿过绿骨头展厅，来到后院的玩具工作室。这里专门设计小霾毛绒玩具，他天天都来这里。

　　爷爷骂他没有出息，觉得他应该喜欢绿骨头——绿骨头珍贵而毛绒玩具不值钱，但爱新爵萝偏偏喜欢毛绒玩具。

　　他在工作室里转来转去，看制作出来的新款毛绒玩具，忽然瞧见工作台下面的角落掉着一个毛绒玩具，于是捡起来。这大概是很久之前遗漏的。爱新爵萝肯定是第一版的小霾玩具，跟他当初从荔波湾带回来的小霾一模一样——它仰起脸，眯着笑眼，大张着嘴巴，伸出粉红小舌头，期待甜蜜的样子被定格。

　　这是被美人之泪封印住的小霾。爱新爵萝最喜欢的款式，他把玩具带回自己房间，细心地给小霾玩具洗了个澡，又用风筒吹干，便放在自己的床上。

　　晚上，他就抱着这个小霾玩具进入了梦乡。

　　他不知道，这个玩具将导致他和小川反目成仇，导致好几个人死亡。

# 第四章

## 富贵少爷的烦恼

早晨，是翡翠园最忙碌的时刻。

少爷房间门口站满了身着黑色制服白色围裙的女仆，她们已经准备好了牙膏牙刷恭候少爷起床。而在厨房里，专门的厨师正把早餐摆盘造型，为了让少爷多吃点，长得高大威猛，厨师可谓煞费苦心，把早餐摆成各种造型，让人看起来胃口大开。

管家领着达鲁花赤过来了，因为少爷说，不能直接叫起床，那声音太讨厌了，少爷要求早起能听到令人愉快的声音。管家给闹钟设置了美妙的起床音乐，可却被少爷摔坏了。少爷有起床气，在摔坏了十八个闹钟之后，管家只得把达鲁花赤找来，让他吹起愉快的口哨，像清晨的鸟儿鸣叫，可以替代闹钟，叫少爷起床。

爱新爵萝在清晨的鸟儿鸣叫中慵懒地坐起来。鸟鸣比管家催起床的声音舒服多了。他伸伸懒腰，幻想着自己住在林中小屋，在鸟儿的叫声中苏醒。也许，他能遇到美丽娇小的林中仙子，在缥缈的雾气中轻盈而来。爱新爵萝想象着这些美好起床了。

他睁开眼睛，啊？面前果然站着一位——高大威猛的男人，像一座小山似的，一股压迫感扑面而来。

"啊？"刚刚下床的爱新爵萝号叫着钻进女仆翠菊的裙子里面。

其他男仆忍着笑看女仆翠菊。翠菊是一位三十八岁的中年女仆，长得像个发面馒头又白又胖。

翠菊瞪了男仆一眼，掀起裙子。她知道少爷总是喜欢钻进她裙子里，特地在长裙里面穿了打底裤。

她抱住发抖的爱新爵萝少爷。

爱新爵萝美好的心情被破坏了，这不是娇小的林中仙子，而是高大威猛的猎人达鲁花赤，爱新爵萝有些害怕这个猎人。他依偎在女仆翠菊的腿边，有裙子罩住让他感觉特别安心。

爷爷整天让他向达鲁花赤学习，说达鲁花赤才是男人该有的样子，总嫌弃爱新爵萝缺少阳刚之气。

爱新爵萝就跟爷爷吵，"你喜欢达鲁花赤就让他做你孙子啊！我才不想做你孙子呢。"

这不是气话，爱新爵萝真的不想。在爷爷眼里他太糟糕了，没有遗传爷爷的彪悍，没有爷爷的强壮，就连性格也不符合爷爷的要求——他甚至都学不会飞镖，不敢拿刀子杀动物，连骑马射箭都学不会。

达鲁花赤却非常在行！可他不是爱新家族的血脉。爱新爵萝的哥哥也行，可是他却在保护爱新爵萝的时候被车撞死了。

爱新爵萝从此就害怕流血，他看见血会吓晕过去，也不喜欢一切快的有速度的东西。

爷爷非要他学会骑马射箭，他搞不明白，家里有车有轮船有飞机，干吗非要学会骑马射箭？即便需要猎杀绿精灵为生，家里不是也有达鲁花赤一大帮猎人吗？

他们打猎回来，爱新爵萝都想把猎物的伤口缝合好，然后把猎物放生。而爷爷一刀下去，就开始放血剥皮。爱新爵萝都不忍看见动物的挣扎和绝望的眼神。

他忍不住流泪，却换来爷爷一顿臭骂，"爱新家族到了你这一代，算是家道中落了。杀个小鹿你都要流眼泪，要是咱家请不起猎人，要你亲自去猎杀绿精灵，你还不得哭死啊？"

爱新政德觉得孙子要是一直这么软弱，就担不起家族的重任，于是想方设法把他送出去锻炼。想到把他送到荔波湾收获颇丰，爷爷就把他送去贵族培训机构——菁桦院，学习骑马射箭，如何管理家产。

爱新爵萝喜欢唱歌跳舞，喜欢一切毛茸茸的、柔软可爱的东西，还热衷和女仆在一起讨论精美的刺绣。爷爷不准他喜欢这些没有出息的东西。因此他不得不一大早爬起来去培训班，学习如何成为一个令人仰慕的贵族。

他本来就不想去，一起床就看见达鲁花赤，心情更是糟糕透了，钻进女仆裙子里不愿意出来。

"啊，我不要！"爱新爵萝不要起床，不要看见达鲁花赤，不要去骑马射箭，不要成为贵族。

管家叹了一口气，他费尽心机，才想到使用口哨叫他起床，好不容易找到会学鸟叫的达鲁花赤，少爷还是不满意。"少爷，你还有什么要求呢？"管家耐心地问。

"我不要看见达鲁花赤！"爱新爵萝哭喊道。

达鲁花赤出去了，他才不想看见这位娇生惯养的小少爷呢。可惜，那位文武双全的大少爷因为保护这位小少爷死了。达鲁花赤想，要是死去的是这位小少爷就好了。大少爷长得一表人才，人见人爱，又跟他合得来。

而这位小少爷太娇生惯养了。上一次，爱新政德让他留在荔波湾保护这个小主子，就有些受不了爱新爵萝的脾气。现在回来了，他能离开多远就离开多远。他是爱新政德请来的猎人，他情愿去丛林猎杀老虎，也不愿意伺候这个娘娘腔小少爷。是管家求着他帮忙，他才来的。小少爷还喊着不要他，他转头走出了房间。

达鲁花赤离开后，爱新爵萝才从女仆裙子里钻出来，去洗脸刷牙。

女仆翠菊把牙刷递到他手里，他闭着眼睛刷牙、洗脸。翠菊又把毛巾递上，他擦擦脸，又把毛巾扔给了女仆。爱新爵萝喜欢女仆在身边，她们总是那么善解人意，她们和他一样心软，也不喜欢看猎人杀死动物。达鲁花赤就知道杀杀杀，他哪里懂得生活。

爱新爵萝对女仆翠菊满意地一笑，就进了餐厅。

食物在他到来之前，刚刚打开了盖子。爱新爵萝坐下，餐厅女仆递了筷子给他。

他看看盘子里的早餐，面包和胡萝卜做成了小兔子的造型，活灵活现，十分可爱。如果吃了兔子头，就不完美了。爱新爵萝决定不吃，他不想破坏这美丽的造型。餐厅女仆看见少爷放下筷子，以为他没有胃口，就递上了叉子，不吃早餐，吃点水果也好啊！爱新爵萝接过叉子，就去叉绿苹果片。苹果也摆成了小乌龟的造型，如果他吃一块苹果，小乌龟就没有爪子了。他舍不得吃，于是看向另外一盘，吃个煎蛋吧！

那煎蛋像落日，摆成了一幅夕阳图案，像艺术品，他也不忍心破坏。

可怜厨师费尽心机摆成可爱的造型，只是为了让他多吃。他却舍不得破坏完整形状，就索性不吃了。

爱新爵萝很失望，就没有那种一大碗的食物吗？堆起来满满的、热气腾腾，看起来让人食欲大开。他瞅了一圈，还有一杯牛奶，看起来热气腾腾的。他端起牛奶就喝，可是喝了一半就停住了，他不能喝完，他要尽量少喝水，减少在菁桦院上厕所的次数。

他放下牛奶，瞅瞅桌子上，没有什么可吃的了，于是他站起来准备去菁桦院。

管家紧皱着眉头，看着剩下的早餐，少爷食欲太差了，总是这么瘦弱，不吃饭怎么强壮呢，"少爷，你再吃点吧！"

爱新爵萝摇摇头，用毛巾擦擦嘴，就走出房门，走向停在门口等他的汽车。

管家用手按着车门边，免得碰到他的头，把他移交给司机。

开车的司机向爱新爵萝问好，就不再说话了。因为他哪怕说错一句话，少爷都有可能找个借口不去菁桦院。

爱新爵萝掏出小镜子照了照，很满意自己的脸。然后他寻思着，如何才能不去菁桦院，"司机，我们去公园可以吗？"他商量道。

司机不出声。

"我可以给你五百禄币。"爱新爵萝贿赂他。

司机摇摇头，他不能贪图那五百禄币，涉及孙子的问题，爱新政德一律不留情面。他可不敢为了一点小钱失去这份轻松的工作。司机选择不说话把少爷送到目的地。

爱新爵萝知道，自从他们两个合伙作弊被爷爷处罚了一次，司机就再也不敢带他去别的地方了。

爱新爵萝被送到了贵族培训机构——菁桦院。

菁桦院内，几个高大的男生看着爱新爵萝进来，心怀不轨地笑了。

爱新爵萝紧张地摸了摸自己的裤子，他今天系了腰带。

# 第五章

## 不男不女的厕所

劈柴、骑马、射箭，这就是上午的训练。

爱新爵萝觉得爷爷把他送到菁桦院，纯粹是为了折磨他的。现在大家都不用烧柴，学会了劈柴也没有用处。

就听见教练说，这劈柴是为了锻炼臂力，斧头扬起劈下，可以让他们的身材形成好看的倒三角形，提升个人形象。

真是讨厌什么，就有什么。爷爷还特地让达鲁花赤来当教练，难道就是让爱新爵萝自我感觉更糟糕吗？

爱新爵萝听见一些女孩在感叹达鲁花赤的肌肉结实。达鲁花赤毫不费力就把树墩劈开了，他示范过后，就让学员练习。

有个叫壮熊的男孩，长着一头浓密的棕色头发，身材像黑熊般壮实。他走过去一下就把树墩劈开了，大家鼓掌。接着有个非常漂亮的女孩上场，她有一头高贵的波尔多红发，穿一件薄薄的粉绿上衣，皮肤细腻宛如骨瓷，加上清冷明亮的眼神，使她显得美丽轻灵。

爱新爵萝孤寂已久的心灵突然升腾起一股暖流。这是他在菁桦院唯一的朋友——巴托丽。人人都嫌弃他，唯有巴托丽例外。

巴托丽看起来轻灵单薄，其实她内心可比外貌强悍，她拿着斧子转到木材的小头，一下子也劈开了。

轮到爱新爵萝了，他有些紧张。说句实在话，他根本就不愿意碰斧子。达鲁花赤催他动作快点，不要磨磨蹭蹭，他举起斧子——却没能拿动。

下面一阵笑声，爱新爵萝红着脸重新审视斧子，这个玩意儿就是一块铁疙瘩，他用力地举起来，太沉了，胳膊一软，斧子掉下来砸到了自己的脚指头。

爱新爵萝痛得抱着脚哇哇大叫，大家却哈哈大笑，达鲁花赤要他到一边休息，让其他人来练习。

爱新爵萝跳着脚到花池边坐下，看着脚指头盖都紫了，他们都不管，还嘲笑他无能。这就是爱新爵萝不想出门的原因，如果在家里，女仆翠菊肯定会过来给他敷药的，可在这里，没有人关心他。

达鲁花赤虽然是他家的雇员，但脚指头紫了，在他眼里根本不算伤。爷爷说他有一次被绿精灵伤了，骨头都露出来，他还是顽强地杀了那个绿精灵。

达鲁花赤英勇过人，却不懂得关心人。他还故意跟爱新爵萝作对。

爱新爵萝喜欢与女孩在一起，他认为女孩是水做的，看着就清爽。和她们在一起很舒服，因此他总是和巴托丽腻在一起。

达鲁花赤觉得他应该努力融入男孩群体，多跟男孩在一起，才能培养男子汉气概。他嫌弃爱新爵萝像个女孩。

爱新爵萝努力过的，但他就是不喜欢跟粗野的男孩子在一起，看见男孩就觉得他们浊臭逼人。

达鲁花赤强行让他和男孩在一起训练，次次都被嘲笑。爱新爵萝受不了，回家就跟爷爷哭诉，说男孩子总是欺负他，不想上培训班了。

爷爷不是去找老师沟通，而是说：他们再欺负你，你就挥起拳头打回去，不许哭鼻子！

爷爷看到爱新爵萝哭鼻子就会生气，他认为男人不该掉眼泪，如果爱新爵萝和别人打架，或者受伤，爷爷反倒更高兴。

爱新爵萝知道自己根本打不过别人，他只会害怕地哭。

爱新政德知道自己的孙子软弱，特地给菁桦院赞助了一笔钱，让达鲁花赤进去当教练，一方面保护爱新爵萝，一方面训练他。

达鲁花赤真的很尽心地训练他。骑马课上，特地给他一匹高头大马，结果爱新爵萝从马上摔了下来。当他伤痕累累回到家的时候，爷爷还高兴地夸奖达鲁花赤，说就要这样，要把他训练成能摔能打的强悍接班人。

爷爷支持，达鲁花赤心狠起来，经常把他弄得浑身是伤。就像现在，脚指头受伤了，他也不看一眼，爱新爵萝难过地流着泪。

他哭了一会儿，发现没人理他。爷爷不准他带女仆出门，他就是哭晕在这里，也不会有女仆跑过来安慰他。他就抹了抹眼泪，看大家都在训练。

这个时候，厕所里应该没有人，爱新爵萝不顾脚疼，抓住机会，快速朝厕所跑去。

他想进女厕所。

有好几次，他和巴托丽说着话就走进了女厕所。结果到了厕所内，巴托丽才想起他是男孩子。其他女生报告给了老师，他被狠狠地批评了一顿。

他不想去男厕所，但还是无奈地走了进去。

里面果然没有人，他松了一口气。大家都在训练，应该不会有人过来，他解开腰带，放心地上厕所。正方便了一半，突然听见了脚步声，他慌忙提裤子。他穿了三条内裤，越紧张越提不上去，他索性一提外面的裤子，就往外面跑。

同学壮熊和鲁尼进来，看见爱新爵萝，他们就堵住男厕所门口。壮熊双眼发光，"哈哈，终于有机会了。来让我们看看！"

爱新爵萝看到这两个男孩，就像看见了吃人的老虎，非常害怕，提着裤子就往外冲。

但壮熊一把抓住了他的裤子，就往下拉！

爱新爵萝大叫，引得几个来上厕所的女孩好奇地往男厕所门口看。

爱新爵萝又生气又害怕又害羞，怎么都挣脱不开，眼看裤子就要被脱下来，他急中生智咬了壮熊一口，壮熊吃疼松手。他提着裤子跑出好远，看到两个男孩没有追赶过来，才松了一口气，贴在墙边拉开外面的裤子，开始整理里面的内裤。

达鲁花赤正好过来，"你在干什么？"他看着爱新爵萝的裤子问。

爱新爵萝慌忙拉下上衣盖住没有整理好的裤子，"我，我看脚指头。"他回答。

达鲁花赤又瞅了一眼爱新爵萝的裤子，半信半疑地走开了。

达鲁花赤离开以后，爱新爵萝又哭了。回到家里，他给爷爷哭诉："不想当贵族，不想来培训班，菁桦院简直就是地狱。"

"就是送你去地狱锻炼的，"爱新政德觉得孙子太娇生惯养了，"只有像达鲁花赤一样强壮了，别人才不敢欺负你。"

爱新爵萝知道自己必须去，自从哥哥死后，他作为家族唯一的接班人，他必须优秀。

"你答应我一个条件。"爱新爵萝提要求。

"你又想要什么？"

"修建一个厕所！"爱新爵萝说。

爱新政德不明白了，菁桦院还缺厕所吗？那可是顶级贵族培训机构，各种设施齐全，"缺少男厕所还是女厕所？"爱新政德问。

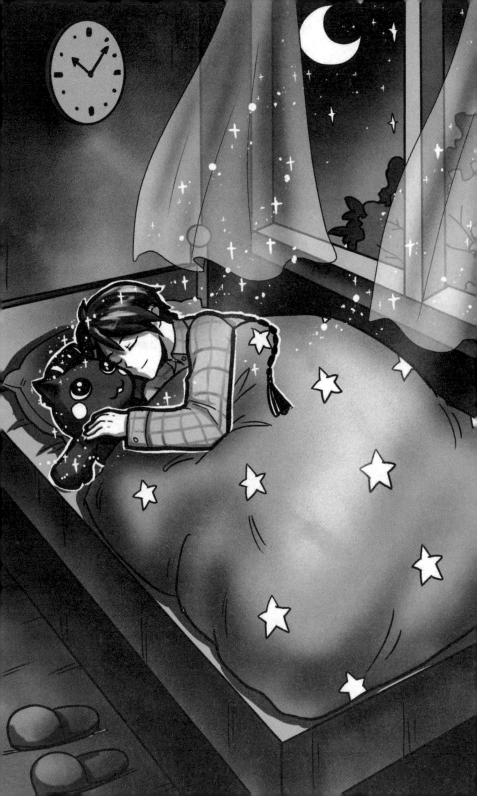

"都不缺！"爱新爵萝如实回答。

"那你还要什么厕所？"爱新政德更不明白了。

"就是那种——不是男的——也不是女的——厕所，"爱新爵萝低着头说，"单独给我建一个第三厕所。"

"不男不女的厕所？"爱新政德瞪大了眼睛，这可不行，他不能建这样的厕所。如果传出去，他为孙子建了一个不男不女的厕所，大家会怎么看？肯定会把爱新爵萝当成不男不女的太监。

"不行！"他拒绝，"这样做，别人会怀疑你有什么问题！"

菁桦院是贵族培训机构，爱新爵萝要在那里结交一帮好友，便于以后发展他的事业。当然，爱新政德希望孙子长大了能迎娶巴托丽，她是每一个大家族都想要娶到的女孩。如果孙子想要迎娶巴托丽，他必须变得优秀，爱新政德绝不能建一个不男不女的厕所，影响孙子优秀的名声。

要厕所没有成功，爱新爵萝闷闷不乐地回到自己房间，晚饭也没有胃口吃了，就抱着小霾玩具入睡了。他难过极了，没人理解他的痛苦，他只能对着小霾玩具倾诉，"壮熊他们太坏了，"爱新爵萝自言自语道，"小霾，你能帮我惩罚他们吗？让他们不得好死，小霾，你知道吗？他们都欺负我。"

深夜里，小霾依偎在爱新爵萝怀里，听着他的诉说，它在月光下好像活了过来，眼睛闪闪发光。

爱新爵萝抱着小霾喃喃自语，渐渐进入了梦乡。

第二天醒来，他的愿望就实现了。

# 第六章

## 神奇的霾病毒

青苔皇家医院。

小川还在玛丽塔病床旁边看猎霾日记，他想要知道小霾被关进监狱九十九年没有逃走，是怎么做到的。

日记上面写着：

> 霾是杀不死的，关押满一百年，按照下列仪式，可以让霾化为乌有。

小川满怀期待地翻开，那一页被撕走了。

他知道是玛丽塔撕走的，当时阿里木教授说是玛丽塔拿走了，夏嬷嬷还很高兴。如今，夏嬷嬷已化为粉末烟消云散了，玛丽塔一直在昏迷中，因此这一页神奇的方法不知去向。

小川感到遗憾，这么重要的东西，怎么只有一份呢？到了霾怪兽再次袭击的时候，却因为宝贵资料丢失而不能制服小霾。

肯定是环境好了之后，大家都不再重视霾研究，小川猜想。

自从看到霾污染了水玲珑的家乡，他就知道必须有制服小霾的能力。

小川正思考着，突然听见外面传来嘈杂声。他起身走到门口，发现是有急诊患者被送入医院。

这不是普通的患者，有许多保安开路，大喊着让路人撤离，不要靠近免得被传染。一个穿着学员制服的长得像狗熊般壮实的男孩被抬进医院。后面跟着消毒的医生，把他们走过的路全部喷洒上药物消毒，那个阵势，好像进来的是能传染病毒的霾怪兽。

小川正好奇，却看见医护人员抬着患者，朝着他这边来了，还把患者安排在玛丽塔隔壁的房间里。

开路的保安马上就竖起一个警告的牌子，把这个区域隔离起来，免得闲杂人员进入。

小川准备退回房间，却看见护士出来，跑向值班室，"老医生，老医生，你快点过来看看这个病人。"

老医生一脸不解，拉下口罩问道："为什么？"他不是青苔皇家医院的医生，他只负责照看玛丽塔。

"这个患者必须由您来看，他可能感染了霾病毒！"女护士解释道。

老医生一听，拉上口罩，赶快跑进了隔壁病房。

小川听后非常不解，这个患者怎么会感染霾病毒呢？玛丽塔因为帮助制服小霾才感染的，这个患者怎么回事？

他好奇地站在门口，看见急救室内正忙碌地检查抢救。一个女人哭着进来，"壮熊啊！儿子啊！"这是一位像母熊般高大壮实的妈妈，她哭着在喃喃自语，她儿子一向健康壮实，怎么会感染霾病毒？菁桦院环境那么好，怎么会出现霾病毒？

小川便明白了，这个穿着制服的壮实男孩是贵族培训机构的学员。他怎么会在菁桦院感染霾病毒呢？

森林王国环境最好的地方，除了青苔皇宫，就数菁桦院了。听说很多富翁都会把孩子送到菁桦院接受贵族培训。那是最好的地方，不可能出现霾污染的。

前段时间，小霾带来了污染，那是在遥远的荔波湾。森林王国戒严，根本不准疫情区的人入内，他们不会沾染了霾病毒的。

小川制服了小霾，大批的防疫医生进驻荔波湾，霾污染得到了控制。水玲珑都已经返回家乡了。她在曾经的疫情区都没有感染，远在千里之外的贵族培训机构怎么会出现霾病毒呢？

小霾被关进了监狱，它没有出来啊！

老医生进去抢救了大半天，直到下午四点才从急诊室出来。

"是不是误诊？"小川过来关切地问道，"不是霾污染吧？"

老医生摘下口罩，叹了口气，"是霾病毒！"

又一个跟玛丽塔同样的病人？

"虽然都是霾病毒，他跟玛丽塔的症状不一样，"老医生解释，患者不是玛丽塔那种直接触碰霾，他是吸入式感染。就好像荔波湾那些人喝了污染水感染霾病毒，而这个患者吸入了空气中的霾病毒。

空气中有霾病毒？"小霾没有出来！"小川质疑老医生的推断。

"检查化验过了，确定是霾病毒通过呼吸系统进入了肺部！"老医生解释，然后看了看门外，确定患者家属不会听到，便说，"虽然抢救过来了，那孩子没有像玛丽塔那样昏迷，但霾病毒却破坏了他的免疫系统，让他未来更容易死于病毒感染。"

小川为他难过。

"更为糟糕的是，患者看见了霾怪兽，心生恐惧，整个人情绪低落，很难恢复过来，这容易让病情恶化。"老医生担心道。

"他看见了霾怪兽？"小川问。

老医生点点头，"据说患者看见一个白影子朝着他扑过来，就惊讶地张大了嘴巴叫喊，估计就是那个时候吸入了气体，无法呼吸，倒在地上，直到第二天有人起床才被发现。"

小霾会变成黑色死神，"白影子不是小霾吧？"小川问。

"这个不能确定！"老医生目前只确定患者感染了霾病毒。

小霾被封印在关塔纳魔湾监狱，这个是确定的，"霾病毒是不是荔波湾过来的呢？"

"不可能！"老医生也分析过，荔波湾跟菁桦院相隔上千公里，水源不连通。患者的病情也证明，不是水源污染，而是吸入了空气污染。

如果小霾发脾气的时候，患者吸一口绝对会感染霾病毒。可小霾在关塔纳魔湾监狱，患者在菁桦院怎么会接触到呢？

阿里木教授听闻有人感染了霾病毒，他不要各种推测，他要亲自去看看。

小川把玛丽塔交给老医生照看，也跟着来到关塔纳魔湾监狱。

关塔纳魔湾监狱依然是冰冷的高墙，面无表情的守卫！典狱长亲自迎接他们，关于小霾的事情，他都战战兢兢，生怕稍有差池小霾再使用他想破脑袋也想不到的方法逃走。

听说又出现霾病毒，典狱长很惊讶，监狱没有任何异常动静，他亲自监控小霾的，他能保证，霾没有破门而出，也没有从地下钻走。因为他们就连地下也做了防控，可谓上防天空，下防备到地下浅水层。

但典狱长不敢怠慢，他已经领教过霾的厉害——能化成水逃走！这次说不定化成空气雨滴什么的逃走了呢！

尽管他们能从监控器中看到霾，说不定它灵魂逃跑了，就剩下像蝉一样的空壳呢。高大凶残的典狱长战战兢兢地给他们打开三道重重封印的大门，让小川和阿里木教授进去验明正身。

监狱中，小霾看上去温馨可爱：它仰着小脸，眯起笑眼，大张着嘴巴，露出粉红色的小舌头，一脸甜蜜的期待。让人忍不住想去抱它——幸亏小川知道这是被美人之泪囚禁的小霾。要是不知内情的人进来，肯定会有疑问：重重防备的监牢中，怎么放着一个可爱的玩具？

冰冷的监牢中，通常关押着阴森恐怖，杀气逼人的罪恶囚犯。小霾虽然长了一副可爱的外表，但它的身体却比任何杀人犯都恐怖千万倍——它能把人腐蚀成粉末。

阿里木教授是一个细心的人，他正拿着放大镜查看小霾。

他把小霾从头看到脚，确定就是他们放进来的小霾——毫无疑问，美人之泪真有效，它还封印着小霾。

小川和阿里木教授都松了一口气，不是小霾出来捣乱。

典狱长再次封闭了监牢。他也轻松了，他的工作没有出现问题，小霾还好好地待在监牢里。

可是，壮熊感染的霾病毒是从哪里来的呢？

# 第七章

## 被嫌弃的爱新爵萝

小霾还老老实实待在监狱中，小川便放心地回来了。

他准备去守着玛丽塔，却听见隔壁病房传出打斗声。小川吓了一跳，病房里怎么还有人打架？

病房的门咣当开了，一位患者手上扎着针就往外面跑。这患者一头浓密的棕色头发，长得高大壮实像黑熊，模样却像受了惊的胆小兔子，抱头鼠窜。那位母亲跟在后面，"壮熊别怕，我是妈妈，我是妈妈呀！"

壮熊惊叫着往外面挣脱，他手上的血已经倒流回针管。小川过来帮忙，把壮熊推回病床。壮熊一翻身就到了床的另外一边，把输液的支架都拽倒了，他躲在角落里瑟瑟发抖，惊恐地大叫害怕，祈求他们离开。

护士听到叫喊声跑进来，便知道患者是惊恐症发作，立即给他打了一针镇静剂。护士让妈妈出去，这位可怜的母亲憔悴不堪，十分疲惫地走出病房。小川看她难过，就邀请她到玛丽

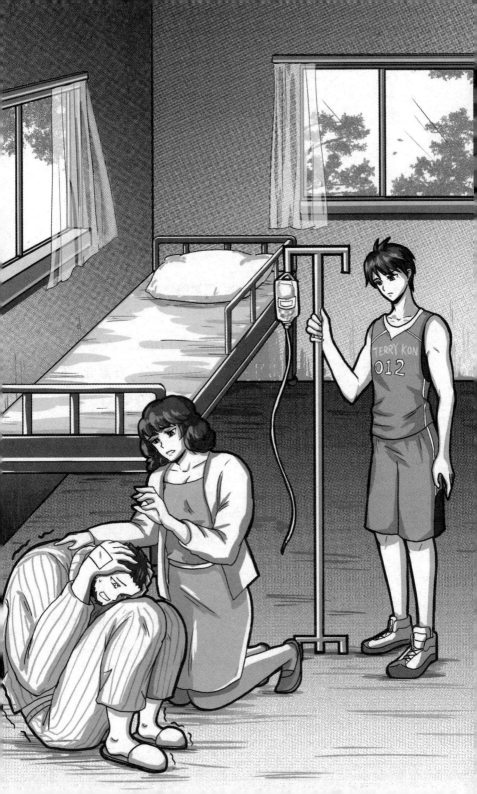

塔的休息室内，并且给她倒了一杯热茶。

那位母亲颤抖着手接过茶杯，就向小川倾诉，她儿子苏醒过来就变了样，曾经生龙活虎的儿子不见了，现在胆小如鼠，惊恐到不让任何人靠近。妈妈心急如焚，"壮熊看见什么都害怕，不让任何人靠近，"她难过地道，"我也不能靠近，我是他妈妈呀！"

老医生说过，霾对患者的心理影响更大。患者惊吓过度，导致现在的恐惧状态。

"他如此害怕，当时看见什么了？"小川好奇。

"那个东西肯定很恐怖！"妈妈给小川讲起，壮熊当天下午还好好的，训练成绩排在第一，教练还多次夸奖他，"听同学讲，就是上厕所的时候，与那个守旧的爱新家族的孩子开了个玩笑。"

"守旧的爱新家族？"

"就是那个老顽固爱新政德的孙子。"壮熊妈妈提起爱新爵萝就显得格外生气，"据说是个不男不女的太监，经常脱了裤子和一帮男生在厕所里胡闹。"

小川惊讶得张大了嘴巴。

这位妈妈怀疑是爱新爵萝报复，才导致壮熊遭到霾袭击，"壮熊是个正直的好孩子，肯定是爱新爵萝那个变态弄出的霾病毒。"

"爱新爵萝怎么会弄出霾病毒？"小川不解。

"他曾经在疫情区待过，说不定感染了霾病毒，咬了我儿子一口就传染给我儿子了！"这位母亲愤愤不平，菁桦院不能为了钱，接受爱新爵萝这样进入过疫情区的人。

小川一听就生气了，爱新爵萝在疫情区，但他没感染霾病毒。

因为爱新爵萝根本没有参与猎霾行动，虽然他爷爷把他打造成猎霾英雄。小川清楚幕后的真相：霾袭击的时候，保镖把他扔到了船上躲避。等猎霾行动结束之后，他才回来。唯一的一次接触，就是姊姊用美人之泪封印了小霾，那个时候，小霾已经不再传染了，他把小霾抱了回来。

小川好心地给这位母亲讲了实情，想要打消她的顾虑，结果适得其反。这位母亲戒备地看着小川，好像他从疫情区出来，也沾染了霾病毒。

"喝了霾污染的水或者直接接触霾怪兽才会感染。"小川向她解释。

但那位母亲还是找了个借口，快速躲开小川。

小川气坏了。

老医生听见他们的对话，过来劝慰小川不用在意，普通人不了解霾。

"可他们也不能把所有从疫情区出来的人都当成感染者吧！"小川感到愤愤不平。

"嗯，应该写一本关于霾的书，让大家正确地认识霾！"老医生认为大家对霾一无所知，因此才谈霾色变。

小川觉得老医生说得太对了，让大家了解霾很有必要。

"要说接触霾的，整个菁桦院只有爱新爵萝，"老医生理智地推断，"普通人这么怀疑也是有道理的。"

爱新爵萝家里生产小霾毛绒玩具，他们制作得惟妙惟肖。为了售卖毛绒玩具，爱新政德使用了爱新爵萝做广告，他抱着小霾毛绒玩具的画面深入人心，孩子们都喜欢，大家容易想到他跟小霾在一起。

霾病毒出现与爱新爵萝有关吗？他是唯一接触过霾的人，而且他也在菁桦院接受贵族培训。就是小川也认为如果要去查，就应该先查爱新爵萝。

"爱新爵萝全家都没有感染病毒。"老医生说。防疫医生已经去翡翠园做了检查，他们全家都没有霾病毒。菁桦院也传来消息，除了壮熊之外，没有任何人感染。

小霾没有出来。这神奇的霾病毒是从哪里来的？小川百思不得其解。这时，毕莫大人来了，带来一份绿头文件。

森林王国讲究环保，即便是文件也体现出环保，文件开头就是森林王国的标志———一排绿树，俗称绿头文件，这是青苔皇宫亲自签发的重要文件。

"猎霾战队要立刻行动，查清霾病毒来源，保证菁桦院的安全。"毕莫大人念了文件，让小川签收。

小川是一号猎霾战士，相当于队长，因此文件就交给他。

"毕莫大人，不是小霾!"小川解释。

"我知道!"毕莫大人认同，"但患者感染的不是流感病毒，也不是肺结核病毒，而是霾病毒!"言下之意，这属于猎霾战队的任务。

"你让我们去查找霾病毒?"小川问。

"你以为敌人都要长得五大三粗凶猛邪恶吗?"毕莫大人说，"时代变化了，敌人可以长得很小巧，也可以是病毒!"

小川觉得这句话好熟悉，好像在什么地方听过。时代变化，敌人也会变化，敌人可以是病毒，敌人可以很可爱，但敌人绝对强大，难以对付。

小川认同这个观点，像小霾。说不清是好人还是坏蛋，只能说它一半天使一半魔鬼。你利用它天使部分为人类造福，它就是天使。你逼出它恶魔的面目，它就会带来破坏。

只要跟霾有关的，就是猎霾战队的任务，不管对手是病毒还是一只狗。小川接下绿头文件。

"我不喜欢天翻地覆的生活。"毕莫大人要求他早点查到霾污染源。

一旦有了任务，小川就发现他面临着无人可用的问题。猎霾战队四个人中，玛丽塔因为感染病毒还在昏迷，水玲珑比较能干，但她返回荔波小七孔重建家园去了，只剩下他和爱新爵萝。

爱新爵萝是不能指望的，他太软弱了。那位母亲说他脱了裤子跟男孩在厕所胡闹，小川就更不能理解了。也许富贵少爷过着奢靡的生活，但也不至于这样啊，这都是什么乱七八糟的传言啊？

水玲珑曾经做过盗贼，小川都没有嫌弃过她。而他有些嫌弃爱新爵萝，后来又觉得，还是要尊重每个人的天性，只是他不要侮辱了猎霾战士这枚徽章。

小川写信通知水玲珑返回执行任务，如果水玲珑回来，她比十个爱新爵萝还要厉害。

小川要给水玲珑写信，老医生问他，有没有发现毕莫大人变化了？

"变化了？"小川说，"没有啊，他还是拿着权杖，还是那冷酷的鹰眼，你说他换了衣服吗？"

老医生摇摇头，说他对待霾的态度变化了，只是一位患者感染了轻微的霾病毒，青苔皇宫就下了绿头文件，而且首相亲自送来。想想当初，水玲珑家乡——荔波小七孔水源被污染导致五百多人死亡，青苔皇宫都无动于衷。这次污染没有荔波小七孔的严重，青苔皇宫就下了绿头文件。

小川猜测，可能是青苔皇宫意识到了霾病毒的危险？或者污染在青苔皇宫附近，国王非常重视？

其实小川猜错了，毕莫大人只是想保护好公主。

# 第八章

## 贵族培训班

有大桥直通到天麓湖中的小岛上，贵族培训机构——菁桦院就坐落在此。岛边码头停靠着私家游轮，那是接送学员使用的，有仆人和保镖等待着放学。

小川是蹬着单车过来的，估计他是菁桦院唯一没有人来送的学生了。他没有司机，更没有游轮，他也没有能力进入菁桦院。这里不是普通人来的地方。毕莫大人安排他以学员身份进来，只是方便他尽快查出污染源。

小川通知了水玲珑，但毕莫大人认为她不宜进入菁桦院，那姑娘行为粗鲁。毕莫大人怕她冒犯这里的贵族，因此不许她来。老医生答应等水玲珑来了，会安排她协助小川。

小川独自一人来菁桦院。毕莫大人给他列出了整整十页纸将近一百条注意事项：尽量少和学员说话，因为他们都非富即贵，得罪了他们会很麻烦。还特别提醒他不能靠近巴托丽。毕莫大人认为巴托丽是个大麻烦，小川要绕着走。查访的时候，不能影响学员的正常上课和生活，要私下进行……

小川总结为，尽量不和任何学员打交道，好像他根本不存在一样。但要尽快找到污染源。

他骑着单车来到菁桦院，想要找个门口，却发现这是一个没有围墙的地方，周围湖水是最好的屏障，任何人从桥上进入，都被监控的保安收入眼底。小川刚一骑行到岛上，就有两名保安携带着武器过来。

小川递给他们学员证，保安变得客气了，让他去找老师，然后又交代："游轮请停靠在码头，学员的保镖、司机仆从都不能上岛，所有手续需要自己办理。"

"我没有保镖、司机和仆人，"小川哈哈笑道，"只有一辆单车！"

两名保安像看外星人一样，打量小川，这是唯一一个没有司机、仆从的学生了。

小川想要寻找停放单车的地方，可这里只有豪车的停放位置，他只得把单车停在豪车位置上，然后去寻找教室。

他顺着指示牌往前走，才发现多数课程是没有教室的。例如骑马课，教室就是草原般的训练场；高尔夫课程，就在球场上课；还有飞行课，就在小型飞机场训练，门口的牌子上还写着自带小型飞机。毕莫大人只给小川一个学员证，可没有给他一架飞机，他上不了这个训练课的。

转悠一圈，他发现只有家族生意管理和贵族礼仪的课程是在教室里上的。

小川感叹，怪不得是贵族培训班，有家族生意管理，他连家都没有，何来家族生意。

他决定去找爱新爵萝。不管怎样，爱新爵萝有义务提供帮助，最起码能让小川快速了解菁桦院。小川走向教室的方向，突然听见一个教室内传出老师的咆哮声，"你出去！"

小川吓了一跳，以为自己打扰别人上课了。他四处看，就瞧见大玻璃窗户内，坐着许多女同学，一位女教师从讲台上下来，走到学员中间，"你出去，爱新爵萝！"

爱新爵萝委屈地站起来，不想出去。女教师冲过去，一把揪着爱新爵萝的胳膊把他往外拉。

小川明白了，爱新爵萝上课捣乱，老师赶他出来，原来他是个学渣啊！

一个漂亮的女孩站起来替爱新爵萝说好话，"老师，就让爱新爵萝留下来听课嘛，我们都不反对。"

"对不起，巴托丽小姐！"女教师说，"这是女生生理课堂，讲怎么预防月经期的疼痛，以及月经期间的护理，爱新爵萝没有必要听。"

女教师说着把爱新爵萝推出来，"你的课堂在四号楼，去吧，爱新爵萝，那里正在讲男生生理课程。"

女教师关上门继续上课，爱新爵萝走向四号楼。

小川误会了，爱新爵萝不是学渣，他只是走错了课堂。那

他一定是要回男生课堂去了。小川犹豫着要不要等到下课再来找他。

爱新爵萝走到四号楼旁边就站住了，他不想去男生课堂，特别是生理课堂。大家怀疑他不是男生，他宁愿逃课也不愿意进去接受侮辱。想到这里，他转头朝着厕所方向走去。

小川正好也要上个厕所，他跟着走进去，却发现男厕所里面空荡荡没有人。刚才他明明看着爱新爵萝进了厕所。小川方便之后，就出来寻找爱新爵萝，他怎么就不见了呢？这大白天的见鬼了吗？

他正四处瞅，突然看见爱新爵萝从旁边女厕所出来。

原来，男女厕所是同一个大门进入，各分左右两边，爱新爵萝进了女厕所。

女厕标志牌上是女生裙子，爱新爵萝没有看到吗？

爱新爵萝看见小川站在旁边等着，他揉了揉眼睛，怀疑自己看错了，"小川，你怎么在这里？"他不相信地问。

"我来培训。"小川告诉他。

爱新爵萝皱起眉头，"你也想成为贵族吗？"

小川摇摇头，他没有能力成为贵族。

"干吗来这个糟糕的地方？"爱新爵萝没有说欢迎的话，而是问道。

糟糕的地方？小川感到奇怪，谁不知道菁桦院风景如画设施一流，是普通人梦寐以求的地方，爱新爵萝却说糟糕？

"我可享受不起这糟糕！"小川开玩笑。

"那你为什么来这里？难道还有谁逼你过来？"爱新爵萝想不明白，小川没有严厉的爷爷逼迫他成为贵族吧？

小川掏出绿头文件给他看，"猎霾战队有任务！"

爱新爵萝这才想起自己还有猎霾战队的职务，他被爷爷逼着参加各种社团，因此有许多头衔，他都忘记了自己还是猎霾战士。

那不是发个牌子，上一次电视，然后给个空头职务吗？爱新爵萝不明白，"难道还真的要我干活吗？"他许多职务都是名誉的，他为那些名誉职务做过的贡献就是捐钱。难道，小川又让他捐钱？爱新爵萝打起了精神，上一次就被他弄去了五千万，这次可不能再掉以轻心了。

猎霾战队怎么是空头职务呢？"我们是保护人们生活环境的猎霾战士！"小川说，"就好像守卫边疆的战士。"

爱新爵萝觉得，猎霾战士跟边疆战士不能比的，他们的敌人只是一个可爱小萌宠，"霾已经被关进了监狱，这个事件就完结了，怎么还来找我呢？"爱新爵萝不明白。

小川跟他讲了壮熊感染霾病毒的事情。

爱新爵萝听完就笑起来，"活该，"他开心道，"谁叫他欺负我呢！"

爱新爵萝跟壮熊感染霾病毒真的有关系，"你知道他感染了霾病毒？"小川问。

爱新爵萝摇摇头，"我住在翡翠园，晚上不和他在一起，没有看到他是怎么感染的。"

"菁桦院有没有异常?"小川问，并且打量周围。

爱新爵萝叹了口气，"没有，万年不变的老样子，令人讨厌，我恨不得逃得远远的!"

小川看着爱新爵萝，不明白他为何如此痛恨菁桦院这么美好的地方。

第九章

绝望中的救助

爱新爵萝不愿意回培训班，就带着小川去寻找污染源。

他们到马场、体育馆、小型飞机场以及学生的宿舍去查看。小川一脸羡慕，菁桦院太豪华了，如果在这里接受培训，一定非常幸福。

爱新爵萝不同，每到一个地方，他就诅咒一个地方。在健身房，他说里面充斥着暴力，简直就是野蛮人的游戏。小川看了看，里面有许多高档的运动器械，要说不同，就是特别豪华，他没有看出什么暴力野蛮。

"你难道没有看见那个哑铃吗？"爱新爵萝抱怨，"一大块铁要我不停地举起来，超恐怖！"

小川看着爱新爵萝的细胳膊细腿，便明白了他不喜欢运动，便好心地劝他要多锻炼，男孩子要是脱下上衣，像女孩子般白嫩瘦弱，那是不好看的。

"谁规定男孩子就要长得威猛啊?"爱新爵萝不满道,"男孩就不能温柔可爱吗?"他委屈地嘟起嘴巴的样子着实可爱。

小川不习惯男孩长得温柔可爱。但他知道,那是个人自由,就不再说什么。

他们到了艺术品欣赏的课堂,爱新爵萝明显地变了样子,他滔滔不绝地给小川介绍刺绣工艺,看得出他喜欢绣花。

他们又去了几个教室,小川发现凡是女孩子的东西——服装、包包、花草等,爱新爵萝都喜欢。小川不得不感叹他投错了胎,要是一个女孩子就好了。

他们走遍了菁桦院,没有发现霾的痕迹。返回的时候,一个漂亮轻灵的女孩跑了过来,"爱新爵萝,你没事了吧?"女孩问。她就是在教室为爱新爵萝说情的女孩,有一头高贵的波尔多红发,肌肤细腻宛如骨瓷,清冷明亮的眼神让她有一种高雅脱俗的美。

"没事了,巴托丽,"爱新爵萝开心道,"那个欺负我的笨熊住院了,小川——我这个朋友都看见了。"

巴托丽,就是毕莫大人特地交代不要和她说话的女孩。小川站在后面,爱新爵萝挡不住他一米八六的高个子,巴托丽还是看见了他,微笑着和他打招呼,"你好,小川!"

"啊?嗯,你好,巴托丽!"小川只得点头回应。

"壮熊还好吗?"巴托丽关心道。

"他,他苏醒过来了。"小川说,"只是心里很恐惧。"

"谁都会害怕的，是霾啊！"巴托丽敬佩道，"只有你们，你和爱新爵萝敢去捉住霾，真是让人佩服啊！"

"你过奖了！"小川开心道，巴托丽是个多么好的女孩啊！毕莫大人为什么说她是个大麻烦？

小川不敢多说，便和她告别。

他要跟着爱新爵萝去翡翠园，他不能像上班那样按时回去，他要抓紧时间查清楚。毕莫大人给小川弄了一个翡翠园的工作证，要他住进爱新爵萝家里。

小川把工作证给爱新爵萝看。

爱新爵萝今天逃过了生理课心情正好，因此同意小川跟他住一个星期。但他保证他们家根本没有小霾，小川不用找借口来检查。

这是小川第二次来到翡翠园，正遇到爱新政德。

"您好，爷爷！"小川和他打招呼。

爷爷瞅了一眼小川的薄藤色头发，他记得这个杂毛男孩，便不悦道："毕莫大人让你来查霾病毒啊？霾研究所的人都来好几拨了，我这翡翠园里没有霾，都是假的玩具。"

"我和爱新爵萝同在猎霾战队，我来找他玩的。"小川说。

爱新政德听到这话，就哈哈笑起来，"来玩，当然欢迎喽！"

爱新爵萝这孩子朋友很少，从来没有见过他带男生来家里玩。整天跟女仆在一起，养成了软弱的娘娘腔。哪怕小川是个不正常的男孩子，也比整天跟女仆混在一起好啊！"请随便玩，请随便玩!"爱新政德开心道。

爱新爵萝竟然单独居住一栋漂亮的房子。他带小川看客房，女仆翠菊跑过来，"爵萝少爷，你爸爸妈妈来了!"

爱新爵萝高兴地跑出去迎接，小川看见一对中年夫妇走进来，男的四十多岁，一头黑发，高大硬朗像年轻的爱新政德。女的长得高挑白皙桃花眼，蜂蜜茶色头发，爱新爵萝跟她很像。

"妈妈!"爱新爵萝开心地扑进女人怀里。

白皙女人捧着爱新爵萝的脸蛋，"啊，我儿子越来越可爱了!"

"快有妈妈高了!"中年男人在一边说。

爱新爵萝开心地邀请爸妈进屋。

小川在客房没有出来，他不想打扰爱新爵萝一家团聚。

爱新爵萝领着爸妈进入客厅，他开心得像个小孩，蹦跳着给爸妈倒茶，然后端出了水果，根本不用仆人。

爸爸妈妈高兴地夸奖爱新爵萝越来越懂事。爱新爵萝满怀期待地问道:"爸妈是带我回家的吗?"

爸爸和妈妈互相看了一眼，最后，爸爸解释，他们是带客人来采购绿骨头工艺品的。

爱新爵萝满怀期待的脸上露出失望，妈妈便有些心疼地安慰他。

"妈妈，你带我走吧!"爱新爵萝恳求道，他不想和爷爷同住，他总是达不到爷爷的要求，心里有一种挫败感，如果和爸妈一起生活，就不会有这种感觉。

妈妈面露难色。

爱新爵萝开始撒娇，哀求妈妈带他回家，他想要跟着爸爸妈妈生活，他感觉翡翠园不是家。妈妈有些心软了，但是爸爸瞪了她一眼。

这个时候，仆人过来请他们签收一个单据，于是爸爸妈妈就借口出去了。而爱新爵萝马上收拾行李。他在菁桦院待不下去了，这个时候，爸爸妈妈来了，就是过来拯救他的呀。

爱新爵萝喜欢蔓青国，喜欢待在妈妈身边。这次，他一定要争取跟着爸妈回家。如果爸妈愿意带他回去，爷爷是留不住他的。

爱新爵萝遗憾地告诉小川，他不能为猎霆战队出力了，因为他要跟爸妈回蔓青国。

小川有些尴尬，问他是不是今天晚上就走。

"不知道！"爱新爵萝一边收拾衣服，一边说，"他们什么时候走，我就跟着走。"他一副轻松解脱的样子，小川只得帮他收拾行李。

到了吃饭时间，爱新爵萝带着小川去餐厅，向爸妈介绍了小川。

爸爸瞅了瞅小川的薄藤色头发，然后请他一起入座吃晚餐。

小川说了爱新爵萝和他同一个战队的事情。爸爸高兴得简直要流泪了，他做梦也没有想到软弱的儿子会成为战士。离开妈妈身边，儿子进步不少啊！

爱新爵萝马上又提出要跟他们回家。他告诉爸妈自己不习惯翡翠园，其实他不喜欢跟爷爷一起，爷爷总是嫌弃他这也不行，那也不行。

爸爸让他少安毋躁，时间长了，他就会习惯的。

爸爸不打算带他回去，爱新爵萝又转去哀求妈妈，说他多么想念妈妈，多么希望能陪在妈妈的身边。妈妈叹了口气，替爱新爵萝说话了。

"可能是爷爷要求太严格，孩子受不了。"妈妈说，"不如，带他回……"

"要求严格，也是为你好，爱新爵萝。"爸爸打断妈妈的请求。他说蔓青国没有贵族培训班，爱新爵萝不能回去。别人都说他们是守旧的爱新家族，只会宫斗，而爱新爵萝在菁桦院能接触到不同国家的学生，思想就不会守旧了。爸爸将来指望他改变家族的面貌呢。

爱新爵萝急了，"我不喜欢菁桦院，我不想当贵族！"

"小孩子不能只做自己想做的事情。"爸爸坚持。

爱新爵萝又找另外的借口，反正他要离开这里，"不想跟爷爷一起生活，我跟爷爷合不来。"

"爷爷肯定都是为了你好！"爸爸说。

爱新爵萝没招了，只能无奈地道出了实情，他告诉父母不想去培训班，是大家都开玩笑脱他的裤子。

爸爸妈妈都很震惊，连问为什么。爱新爵萝不回答，开始哭。

"我明白了，大家觉得你像个女孩子？"妈妈猜测。

"那你就不能拿出男孩子的样子吗？"爸爸气愤道，"谁要脱你裤子，你就打他。"

跟爷爷说的一样，跟别人打架，可爱新爵萝做不到，"你们到底带不带我走？"爱新爵萝急了。

"正因为如此，你更要和爷爷一起，"爸爸决定了，"这可以培养你的男子汉气概。"

爱新爵萝啪地摔了筷子，气冲冲地跑了出去。他失望透了，他鼓起勇气告诉了爸爸妈妈，可是他们却不管他。

爸爸妈妈看着爱新爵萝跑出去的身影，完全理解为孩子娇生惯养又任性，他们不会明白，在爱新爵萝的童年里，他们做父母的已经缺席了。

## 第十章

### 该死的孩子却活着

这顿晚餐，以母慈子孝开场，以鸡飞狗跳收场，爱新爵萝的父母生气得瞪大了眼睛。

"不用担心，我去找他！"小川也不吃了，出去追赶爱新爵萝。

爱新爵萝跑回自己房间，抱着小霾倒在床上，没有哭也没有动，只有深深的绝望。他以为父母来了，他就不用活在恐惧中了——他受不了同学的霸凌向父母求助，可父母不理解。

爱新爵萝不知道怎么办，他不知道除了爸妈还有谁能帮助他。

小川进来想要劝他，还没开口，爱新爵萝便问道："有些父母根本就不爱自己的孩子，是不是？"

"也许你爸妈比较忙？"小川不想他难过。

爱新爵萝摇摇头，流下眼泪，他导致哥哥死亡，一家人都恨他，"为什么死去的不是我，留下哥哥多好，他们爱哥哥，"

爱新爵萝哭道，"他们不爱我！一点儿都不爱，我是没有父母疼爱的留守儿童。"

在小川心目中，爱新爵萝比一般人幸福多了，"你才不是留守儿童！"小川反对这个说法，爱新爵萝住在宫殿般的房子里，有许多仆人伺候着，还有爷爷陪在身边。

"我是留守儿童，"爱新爵萝固执道，"只是我家更有钱而已，没有人要我。"每次父母过来，他都希望父母能带他走，拼命表现得乖巧听话，父母看他听话，就更加放心地把他留在翡翠园。

爱新爵萝沉浸在被父母抛弃的情绪中，他抱着小霏一直说父母不要他，所有人都不爱他，说他讨厌上贵族培训班，说他想要和妈妈一起生活。反正爸妈也不是特别缺钱，为什么就不能少挣点钱，和他一起生活呢？他怎么也想不明白，最后确定所有人都讨厌他。

爱新爵萝喃喃自语，也许是对着小霏说话的，小川认为打扰他是不礼貌的。他没有说话，也不敢离开，就坐在沙发上陪着爱新爵萝。

爱新爵萝抱着小霏，一直自言自语到深夜，才渐渐睡着了。

第二天早上，小川走出门口的时候吓了一跳，以为出了什么事情，来这么多人，后来才知道都是伺候爱新爵萝起床的仆人。

富贵少爷起床需要这么多人伺候着，门口站了两排十八个仆人。小川对那些仆人点点头，就到后面花园跑步去了。

他正绕着一个荷花池跑步，就看见住在另外一栋房子的爱新爵萝的父母，他们正在吩咐仆人收拾行李。他们昨天晚上才来，今天一大早就要离开。

小川想要转回去告诉爱新爵萝，却听见他们的对话。

"那孩子多想跟我们回去啊！"妈妈的声音，她说着还朝池水照了一下自己，然后理了理头发，"父亲有些严厉，爱新爵萝肯定受不了。"

"不能太娇生惯养，"爸爸的声音，"父亲把他教育得很懂事了！"

爱新爵萝确实比之前懂得体贴人了，妈妈也感到欣慰，"可是，他想回去。"

"回来你又娇惯他，"爸爸抱怨，"他之所以这么软弱，都是你娇惯的。"

妈妈不同意了，"是你想要个女儿的，是你把他当成女孩培养的，现在你嫌弃他了。"

"没有。"爸爸不承认，"我只是后悔太娇惯他了。"

"你嫌弃他，你嫌弃他没有大儿子优秀。"妈妈突然就哭了，"你是不是也希望死去的是爱新爵萝？"

"难道你没有吗？"爸爸生气了，"爱新爵萝跟哥哥根本没法比，他娇滴滴的，根本经不起任何风浪。"

"可我们的大儿子已经死了。"妈妈哭道，"老天为何如此不公平？夺走了我优秀的儿子，却留下懦弱不堪的。"

"所以你一定要放手！"爸爸坚决道，"让他接受锻炼，不然一有困难就往女仆裙子里钻，我们的脸都被他丢光了。"

妈妈只是抽泣，但不再反对了。

小川听明白了，怪不得爱新爵萝哭着说，为什么死去的不是他，而是哥哥。原来，爱新爵萝还有一个哥哥，但为了救他死了，活下来的爱新爵萝没有哥哥优秀。

爱新爵萝起床的时候，听见女仆翠菊说，他爸爸妈妈要走了，就顾不得洗脸刷牙，提着行李箱就赶过来了，他要跟着回去。

爸爸妈妈都不愿意带他回去。爱新爵萝大哭，指责爸爸妈妈根本不配做父母，"你们以为生下我，自己就当老子了。"他喊道，"你们都不管我，算什么父母？"

爱新爵萝大吵大闹，就把前面房子里的爷爷吵醒了，那老头起床，就让儿子和儿媳赶快离开，"你们放心走吧，爱新爵萝交给我绝对没问题。"

爸妈就上车离开了，爱新爵萝追赶着，喊着："妈妈回来，妈妈回来！"

他哭得楚楚可怜，像个与父母分别的儿童。爷爷紧紧地抓着他，不让他追。他说爱新爵萝看见了爸妈就是撒娇。

父母走后，爱新政德没有哄劝爱新爵萝，也没有安慰他，而是骂他像个女孩，只知道哭鼻子。

"不许哭，去吃早餐。"他交代仆人，"一定要爱新爵萝吃早餐，不然这个干柴样子，快要被风刮跑了！"他觉得自己的话很好笑，就哈哈大笑着回到自己房里去了。

管家哄着爱新爵萝去餐厅。爱新爵萝难过极了，根本没有心情吃饭。管家只得让小川给他带着早餐去贵族培训班。

第一节是射箭课程，教练达鲁花赤让学员一个个上场比试，检验他们的训练成绩。巴托丽居然能射到两环。有一双湛蓝眼睛的男生敖狻，居然正中靶心，看来他是经过训练的。

轮到爱新爵萝的时候，他吃力地拿起弓箭，胳膊微微发抖。因为闹着跟父母回家，他昨天晚上和今天早上都没有吃饭。培训班里其他人并不知情，他们又开始嘲笑爱新爵萝。

爱新爵萝一下子射到了距离靶子三米开外的地方，大家再也忍不住哈哈大笑起来。

爱新爵萝红着脸下场。

轮到小川上场，他有些紧张，因为他从未训练过。但他发现自己的眼睛盯着靶子的时候特别好用，有些像校准器，他射过去正中靶心。大家都鼓掌，达鲁花赤介绍，"这是新来的学员小川，他曾经制服过霾怪兽。"

下面有人议论，更多的人用好奇的目光打量他。小川回到座位上，看见两边的人移开了，好像他身上带有霾病毒似的。

第二节，是家族生意管理课。小川觉得自己根本就不适合来贵族培训班，他没有家族财富需要管理。

但爱新爵萝对财富管理课很感兴趣，他还写了笔记，老师表扬他写的挣钱方案很实用。

到了下午，爱新爵萝在课堂上提出要上厕所。男老师痛恨爱新爵萝这个行为，"爱新爵萝，你是不是感觉自己与众不同啊？"菁桦院里基本都是非富即贵的孩子，有华夏国的富二代，有西海国的王子，还有森林王国的公主。爱新爵萝在这里不算特别，他不会觉得自己家做绿骨头生意钱多就了不起吧？"为何偏偏课堂上去？"男老师问。

"下课没有感觉。"爱新爵萝说。

几个男生偷笑。老师看了看手表，让他忍一会儿，下了课再去。爱新爵萝不同意，非要现在去。

"爱新爵萝故意上课时间去厕所的，"同学鲁尼说，"下课了他不去。"

男老师就生气了，让爱新爵萝坐下，上课不许捣乱。爱新爵萝看了鲁尼一眼，无奈地坐下了。

下课时间到了，小川特意提醒爱新爵萝，"要不要一起去厕所？"

"不去了。"爱新爵萝说。

"你不是上课的时候有需要吗？"小川不理解。

"现在不想去了！"爱新爵萝固执道。

小川也不去了，他本来就不想去，只是要提醒爱新爵萝。到了中午放学，爱新爵萝磨蹭到所有人都走完了，他才独自一个人去上厕所。

小川想，他长得像个女孩，大概很害羞，不喜欢跟别人一起上厕所。

中午吃饭的时候，菁桦院餐厅供应的是自助餐。为了满足不同国家的学生，厨师做了五个国家口味的菜肴，小川觉得在这里简直就是天堂。

爱新爵萝两顿都没有吃饭，可他像个斯文的大小姐，只吃一口。小川就帮他拿了一碗炖汤。爱新爵萝不喝，他怕下午上厕所。

去厕所有什么麻烦的，"你为什么怕去厕所呢?"小川好奇。

"他们总是欺负我!"爱新爵萝说。

小川保证不让别人欺负他，"我跟你一个团队的，我不许任何人欺负我们猎霾战队。"小川信誓旦旦地保证。

爱新爵萝感动得眼泪流下来。这是他这些天来听到的唯一关怀的话语。

一句关怀的话语，就把他弄哭了，爱新爵萝是个缺爱的孩子啊!

# 第十一章
## 黑暗十分钟

除了财富管理课，爱新爵萝对其他课程一点儿也不感兴趣。

开飞机他恐高，骑马他怕跑得快，射箭课他拿不动弓箭。射箭课程如果让水玲珑来，保证次次都拿第一，但对于爱新爵萝来说，简直生不如死。

教练看到他这么没有力气，就把他送到了医务室检查一番。结果身体上没有任何疾病，医生给他开出一份健康食谱，让他多吃增加营养。

小川和爱新爵萝生活了三天，便发现他总是不吃饭。他太敏感了，看见蓝眼睛的敖犬与巴托丽在一起，他生气。上厕所偏偏要课堂去，老师批评他，他也生气。唯一开心的时刻，就是跟巴托丽在一起。但达鲁花赤似乎故意不让他和女孩子挤在一起，明显是想要训练他的男子汉气概。但爱新爵萝跟高大的男同学在一起就紧张。

这天的下午，爱新爵萝连着三节课没有上厕所，到了下午放学的时候，就憋不住了，要小川陪着他上厕所。并且要求小川守着门口，在他上厕所期间，不准其他人入内。

"这又不是你的私人厕所！"小川反对。

"我不想跟那些粗鲁的男生一起上厕所，"爱新爵萝眼泪都要流出来了，"他们总是跟我开玩笑。"

这是放学时间，小川看了看周围，学员都快走完了，还有几个女生，应该没有问题的，小川就答应了帮他守着，让他赶快进去解决了。

上厕所对于小川，从来就不是问题，小川心不在焉地看着，想他顶多两分钟搞定。

三分钟过去了，爱新爵萝还是没有出来。不知道从哪里来了五个学员，他们朝着这边走过来，有说有笑的，他们的说笑声传入厕所里。爱新爵萝听到了很紧张，他一紧张就尿不出来，但想到小川在门口守着，稍微放松了一些，想要赶紧办完。

而外面，小川想着这几个人过来，爱新爵萝肯定能出来，那么他就不用拦截住人家了。

五个人越走越近，其中两个女孩进了女厕所，三个男孩走向男厕所。

小川想要拦住，其中的敖逡笑着跟小川打招呼，小川不好意思拦他们，他们都进去了。

能有什么事情呢？

小川听见里面传出响亮的哈哈笑声，以为他们在说笑，就放心了，站在外面无聊地等着。看着蚂蚁搬家，树影移动，感觉过了好久，小川心想爱新爵萝肯定是大便，不然怎么要这么长时间呢？

他正寻思要不要进去看看，突然听见爱新爵萝的号叫，"救命啊，小川！"

怎么了？小川慌忙跑进厕所，看见爱新爵萝的皮带掉在了地上，他正手忙脚乱地提裤子，鲁尼正缩回手，阿豹和敖狻在围观。

小川惊讶地张大了嘴巴，脑海中响起了壮熊妈妈的话语：他和几个男孩在厕所里……

"你们，你们——"小川惊讶得说不出话来。

鲁尼尴尬道："我们，我们——开玩笑的。"

"开玩笑，开玩笑的。"另外两位男生附和着，他们都是一脸的尴尬。

壮熊妈妈所言非虚，爱新爵萝和男孩子在厕所里……小川亲眼看到了，他非常生气，走过去想要批评爱新爵萝，却看见他的脸上挂着泪珠，他哭了。

"你怎么了？"小川完全不明白。

"我们，我们先走了。"敖狻拽着鲁尼和阿豹慌忙出去了。

爱新爵萝哭着提起裤子，小川发现他居然穿着三条内裤。

"你，这是？"小川迷惑了。

爱新爵萝放声大哭，小川难道还看不出来吗？"他们总是欺负我，"爱新爵萝哭道，"他们脱我的裤子，检查我是不是女生。"

小川完全不知道爱新爵萝的苦衷，"我以为，刚才你们——我听见里面传出说笑声。"

爱新爵萝摇头哭得更大声了，"那是他们在嘲笑我！"

他哭着给小川讲了刚才被霸凌的经历，他从来没有跟人说过，他在父母和爷爷那里得不到安慰，他被逼着来接受贵族培训，他无法承受这被霸凌的生活，如果再不找个人诉说，他就快要疯掉了。

原来，爱新爵萝正方便了一半，看见三个高大的男生进来，他慌忙提上裤子，把内裤都弄湿了一大片。这三个男生一看到爱新爵萝就眼睛发光，围了过来。他们肆无忌惮地大笑，得意万分，好像埋伏了好久终于抓住了猎物。

"爱新爵萝，终于逮到你上厕所了，"鲁尼带头围上来，"听说你没有那个，让我们看看？"

爱新爵萝提着裤子往后退。

"他不敢上厕所，肯定是有问题的。"长得像野兽的阿豹说。

"哎哟，你的小兔子内裤挺好看的！"敖狻兴致盎然地调侃。他们围住了爱新爵萝，把他堵到洗手池边的角落里。

"求你们不要碰我！"爱新爵萝像个胆小的女孩般乞求道，缩在角落里瑟瑟发抖。

"哈哈，让我们看看。"鲁尼伸手拉他的裤子，爱新爵萝贴着墙壁躲在一边，紧紧地提着裤子，都要哭了。

他们邪恶地围过来，一起动手，"来嘛，脱下来，让我们看看你是男孩还是女孩。"

爱新爵萝想要跑出去，敖狻好像故意看他笑话一样，堵着通道。

"人家都说你没有丁丁，是真的吗？"强壮的鲁尼又动手拉他的裤子。

爱新爵萝提着裤子往外跑，鲁尼抓住了他的裤腰不松手，使劲一拽，露出了小兔子卡通内裤，三个人肆无忌惮地嘲笑着。爱新爵萝气急之下，就朝着鲁尼的脸抓了一把，抓出了几道血痕。

鲁尼摸了一把血，"啊，真像个女人，竟敢抓我！"他在衣服上抹掉血，"看我不把你的丁丁掐掉。"

"他根本没有丁丁，"阿豹嘲笑道，"他是太监。"

"是太监吗？还是女生？让我看看！"鲁尼直扒爱新爵萝的裤子。

"救命啊，小川！"爱新爵萝急得大喊。

小川跑进来了，正好看到爱新爵萝被同学霸凌。

他从爱新爵萝的哭诉中完全明白了，因为性格像女孩，爱新爵萝遭到男同学的霸凌。男孩们总是嘲笑他娘娘腔，趁他上厕所的时候，强行脱他的裤子检查他是不是女生。

他总是不喝水，减少上厕所。他每天上厕所都战战兢兢，必须提前几分钟下课，然后赶在同学上厕所之前迅速跑出来。

他求助过达鲁花赤。达鲁花赤过问的时候，那些男生都说开玩笑的。达鲁花赤知道爱新爵萝和男同学有矛盾，他认为充其量不过是小孩子之间的打打闹闹，根本不值一提，他也没当一回事，只是口头警告，结果导致整个菁桦院都知道了爱新爵萝被脱裤子的事情。大家议论纷纷，怀疑爱新爵萝有问题。因此，不只壮熊、鲁尼，许多男生都想脱下他的裤子，看他是不是女孩。

爱新爵萝不喜欢这样的玩笑，可是那些男孩却乐此不疲，他只得穿上三条内裤，防止被他们扒掉。

那些男孩看见他穿了三条内裤，更加相信自己的猜测是对的，爱新爵萝肯定有问题。

爱新爵萝只得选择课堂上去厕所，大家都在上课，就没有人脱他裤子了。可有些老师不满意，认为爱新爵萝想要彰显不同，偏偏课堂时间去厕所。

他是不能下课去。他每天都提心吊胆，害怕别人会扒下他的裤子。今天上厕所被鲁尼撞见，害怕的事情就发生了——他被当众扒下了裤子。

小川惊呆了，他根本没有想到，富贵少爷爱新爵萝居然过着被同学霸凌的痛苦生活。

# 第十二章

## 霸凌

爱新爵萝崩溃了，他哭得一把鼻涕一把泪，向小川道出了自己被霸凌的经历。

小川感到对不起爱新爵萝，他本来可以拦住那几个男生不让他们进去的。

"爱新爵萝，对不起，我不知道有这样的事，我不该让他们进入厕所的。"小川很内疚，他看见爱新爵萝的皮带都被男生拽成了两截，便捡起皮带扔进垃圾篓。他把爱新爵萝带出了厕所。他要去告诉老师，不能再让这样的事情发生。

爱新爵萝不去，他要收拾自己的东西，离开这个令他失去尊严的地方，发誓明天不来了。就是爷爷打死他，哪怕他以后成为人渣，他也不愿意接受贵族培训了。

"告诉老师！"小川建议道，"你退学要让老师知道为什么。"

"没用的。"爱新爵萝已经绝望，他不要成为贵族，也不想再被他们嘲笑为太监。

小川让爱新爵萝等一下，告诉老师没有用，他去告诉院长。

院长是个脸上泛着红光的肥胖老头，他正襟危坐在大班椅上，听完小川的诉说。

"我会批评他们！"院长置若罔闻，他早就听说了爱新爵萝的事情，从心底认为其他同学正常，是爱新爵萝像个女孩，太矫情了。大家都在小便池撒尿，而爱新爵萝偏偏躲在格子间，那些调皮的男生好奇，就开个玩笑什么的。

"爱新爵萝不喜欢脱裤子这样的玩笑，他伤心到要退学！"小川郑重道。

"我会找他们谈谈的！"院长敷衍着，然后看了看手表，说还有事情，就打发了小川。

爱新爵萝拿着背包去了停车场。等候的司机看到了行李，慌忙接过来。

小川追过来，告诉他，院长会处理的。

爱新爵萝摇摇头，还是不愿留下来，他知道院长根本不会重视，顶多是批评一顿，男生们还会开玩笑的。


爱新政德在家里，看见孙子大包小包地回来就问："又放假了吗？"他抱怨交了那么多钱，学生能学到什么啊。

"不是放假！"小川解释，"爱新爵萝不想去培训班了。"

爷爷一听就瞪大了眼睛，"又不去了？"这个不省心的孙子，前些天想学开游艇，他就买了一艘游艇，没学两回就放弃了。

现在又不学了？"你想要怎么样？"爷爷生气地问。

"盖第三厕所！"爱新爵萝要求，"我不想跟男生一个厕所。"

爷爷恍然大悟，"哦，就因为我不盖厕所你就不去培训班啦？"爷爷心想，这个小龟孙是在威胁他呀，但他绝不建那种不男不女的厕所。

"你是不是没有钱盖不起啊？"爱新爵萝哭起来。

"这不是花多少钱的问题！"爷爷是为了他的个人形象考虑，这个小龟孙怎么就不体谅爷爷的苦心呢？

爷孙两个因为厕所吵起来，根本就不是厕所的问题，"是那些男生在厕所里脱爱新爵萝的裤子。"小川告诉爷爷。

"脱爱新爵萝的裤子？"爷爷很惊讶，看来他对爱新爵萝受委屈的事一无所知。

"不要告诉爷爷。"爱新爵萝哭着弱弱地劝道。

可是爷爷已经听见了，他转向爱新爵萝，"他们脱你的裤子？看什么？"

爱新爵萝没法回答，放声大哭。

"你不是有什么问题吧？"爱新政德有些开玩笑地道，他本来不是太在意的，爱新爵萝条件反射似的紧紧拉着裤子，爱新政德反倒生疑了。这老头琢磨着，大孙子出了意外之后，小孙子爱新爵萝可是家里的独苗了，他不能再有什么问题。

爱新爵萝这孩子自从不穿开裆裤，爱新政德就没有检查过他的身体。

爷爷大大咧咧的豪爽性格，立刻就想脱下爱新爵萝的裤子检查检查。爱新爵萝对于被脱裤子心有余悸，于是紧紧地拉着。

不拉还好，他紧紧抓着自己裤子的样子，让爷爷更加确信，"你肯定有什么问题，对不对？"他严肃道，"脱了裤子让我看看！"

他完全不顾旁边站着十多个女仆，非要爱新爵萝脱下裤子给他检查。小川意识到当着众仆人的面，不应该讨论这么隐私的问题，就要拉着爱新爵萝离开。爱新爵萝已经十六岁了，爷爷不可以当着众人的面脱他的裤子。

在爱新政德心里，一个男孩子，当着众人脱下裤子也没什么。这些仆人当年哪个没有看见过爱新爵萝的光屁股，他还把爱新爵萝当成没有长大的孩子，开玩笑似的抓住他的裤子就往下扒。

"啊啊啊，不要脱啊！"爱新爵萝惨叫着，抓着裤子挣扎。

爷爷一点儿也不知道照顾爱新爵萝的脸面，一下子就拉下他的裤子。这一次，连内裤都拉掉了。

女仆们惊讶地看着这尴尬的场面，而爷爷瞪大了眼睛瞅爱新爵萝的隐私部位。小川生气了，一把就拽下桌布，围住爱新爵萝的下体。他知道如果自己被当众扒下裤子，也会羞愧难当的。爱新爵萝本来就像个女孩，更敏感害羞。此刻，他无地自容，在小川的遮挡中提上裤子。

但爷爷不以为然，"啊，看来你是有点问题，"他看清楚了，"去医院让医生检查检查。"

爱新爵萝哭着要回自己的房子里，他不愿意去医院。

爱新政德非常霸道，他说去就要去，立刻命令达鲁花赤带少爷去医院。他和达鲁花赤几乎是强行把爱新爵萝抬上了车子。

小川觉得爷爷太霸道了，爱新爵萝在家里没有一点儿自由。

女仆翠菊看着很心疼，跑回爱新爵萝的房间，拿出小霾毛绒玩具塞给了小川，"请你交给少爷，"女仆翠菊说，"他紧张焦虑时，抱着小霾玩具就会好些。"

小川接过小霾玩具，就上了汽车，他要陪着爱新爵萝去医院。

司机把他们送到了青苔皇家医院，爷爷特地找了顶级专家给爱新爵萝看病。小川想他问题不大，除了不敢上厕所，爱新爵萝没有说过身体不舒服疼痛的话。他就趁着医生给爱新爵萝检查的时候，去住院部看了玛丽塔。

玛丽塔病情平稳，老医生正想方设法把玛丽塔身上的霾病毒清理出来，以使她尽快苏醒。

老医生看见小川回来，就递给他一个信封，"水玲珑给你来信了。"

小川是让水玲珑回来的，怎么没有回来人，却回了一封信呢？

信上说，水玲珑居住的丛林里出现了狩猎者，影响了她的生活，因此不能按时赶回来。

狩猎者影响了水玲珑的生活？小川不太明白，把信给老医生看。

水玲珑生活在丛林，那些狩猎者是不是抢了她的猎物？老医生也不太明白，决定给水玲珑写一封回信，问问是怎么回事。

"也好！"小川同意。

"污染源有没有查到？"老医生问。

小川摇摇头，"污染源没有进展，就忙着爱新爵萝上厕所的问题了。"

"上厕所的问题？"老医生感到奇怪，"上厕所也能成为问题？"

小川跟老医生讲了爱新爵萝这几天的遭遇。

"这是校园霸凌！"老医生严肃道，"一个学生长时间并且重复地暴露于一个或多个学生主导的负面行为之下——拉扯衣服，脱裤子，就是霸凌行为。"

"告诉了老师，似乎没用！"小川也无奈道。

"批评两句是没有用的，可能会越不让看，他们就越想知道。这是很严重的霸凌事件，会导致爱新爵萝出现心理问题，家长应该找培训机构严肃交涉的。"老医生说。

小川给老医生讲了爱新政德的处理。

老医生听完很吃惊，爷爷那样做更不妥了，即便爱新爵萝真有什么问题，也是个人隐私。无论什么人，扒下别人裤子看，都是不礼貌的行为。

"院长对扒下同学裤子这事，似乎也不以为意。"小川讲了院长的态度。

"这个贵族学院院长想要孩子们都长成一个样子，这是不对的。"老医生叹着气摇摇头，他认为最好的培训机构，应该让孩子成长为他想成为的人，而不是别人想要他们成为的人。

老医生说，院长应该教育孩子们要有一颗包容的心，认同别人的不一样，让自卑的孩子学会接纳自己。他认为，人类社会进步，应该是让每个孩子有自己选择的权利。爱新爵萝有选择自己想要成为什么样的人的权利，而不应该被欺凌。

小川觉得老医生才像个睿智的院长，讲了很多独到的见解，令小川耳目一新。他觉得爱新爵萝如果听到这番话语，心里一定会好过很多。

老医生还给小川科普了霸凌的特点，希望小川回去能帮到爱新爵萝。最后，他决定找个时间与爱新爵萝的父母谈谈。

爱新爵萝是留守儿童，"他的父母不在森林王国。"小川说。

# 第十三章

## 翡翠园遭到袭击

"人生本来就充满孤寂，还是唯有童年如此?"爱新爵萝问。此刻，他已经做过了各项检查，正抱着小霾躺在病床上。

小川想，这个问题老医生回答更合适。但老医生不在，只有他陪着爱新爵萝。因为没有住在翡翠园，也没有住在培训班，爱新爵萝放松了，埋在心里的痛苦也愿意诉说了。

"我不想跟爷爷生活在一起，他从来就不在乎我的自尊心，他当着众人的面扒下我的裤子，跟那些坏男生有什么区别?"爱新爵萝说，他有些恨爷爷，觉得爷爷跟他不是一个世界的人，无法交流沟通。

小川早就知道，爱新爵萝的爷爷是来自马背上的民族，崇尚武力，希望孙子像达鲁花赤一样威猛。他千方百计把爱新爵萝送出去锻炼。

爱新爵萝却无法变成达鲁花赤那样威猛的男孩，他长得像女孩般柔美，性格还懦弱不堪，想来爷爷对他是不满意的。

　　爱新爵萝现在痛苦至极，认为谁都比他幸福。猎霾战队人人都可以做自己。小川没有家庭，没有人管他做什么。玛丽塔甚至敢与全世界对抗保护小霾。水玲珑也可以做自己，她有幸福的家庭！唯有爱新爵萝不可以做自己。

　　爱新爵萝不停地抱怨着，小川打断了他，"你说水玲珑一家幸福？"

　　他根本没有看到水玲珑的苦难。小川敢保证，在水玲珑看来，爱新爵萝住在宫殿般的翡翠园中，跟疼爱自己的爷爷在一起，能有什么痛苦？他的生活无疑是天堂。他说的这些痛苦在水玲珑眼里根本不成问题。

　　幸亏水玲珑没有在这里，不然肯定会嘲笑爱新爵萝活得矫情。

　　小川想说水玲珑，可看见爱新爵萝的状态，就知道自己不能乱说话，每个人的承受能力不同。此刻，爱新爵萝需要帮助，况且，他曾经拿出五千万资助过荔波小七孔，如果水玲珑在这里也不会让他难过的。

　　爱新爵萝好像找到了倾诉的对象，把所有郁闷都对小川倾诉。爷爷为何总是不满意他？大家为何总是欺负他？爱新爵萝心里充满了困惑，他肯定是自己哪里不对，不然大家为何都这么对待他？

　　"小川，你说，我应该做自己还是做别人想要的自己？"

　　"我想，我们应该做自己，"小川说，"每个人都是独一无二的!"

"做自己,这说起来容易,实现却很难。"爱新爵萝沮丧道,"当你不能融入众人时,就会变成异类。你能感觉到别人的目光像魔术贴一样都粘在你身上。你可以听到大家在背后议论你!"

沟通才能理解!

小川听着爱新爵萝的诉说,有些理解了,他也有过那种感觉,到全新的地方,就会有人盯着他的头发,他也听见过别人在背后的议论。

爱新爵萝绝望道:"我不是凤凰,没有涅槃重生的勇气——说到底,我也不过是一个可悲的懦弱小人物罢了。"爱新爵萝陷入了忧郁,他看得比谁都清楚,爷爷想让他做个运动健将,成为优等生。可是生活里并非处处是童话个个是强者。他知道自己比不上受欢迎的哥哥,他无法达到哥哥在学校以及家庭树立的标杆。

他知道父母为他的懦弱叹息,更伤心地知道,所有人都认为如果被车撞死的是他而不是哥哥该多好。

那是什么感觉,是绝望,是没有人需要我,我死了也没关系的彻底绝望。

爱新爵萝得了抑郁症。

小川知道,爱新爵萝跟别的男孩不同,他是温柔的性格,他害怕刀和血。

他永远也不可能像达鲁花赤那样威猛。他多愁善感,他不会蛮横，不会跟别人拼命。无论他家里多么有钱，这锐利的世界，往往最容不下温和的人。

"爱新爵萝，这个世界不是简单的非黑即白，"小川说，"这个世界，正因差异而变得精彩。"老医生说他不可能一下子就达到爷爷的要求，只能一点点改变，小川就劝说他先接纳自己，"人和人可以不一样的，你不要那么难过，你的存在没有错!"

爱新爵萝抬头望着小川。

"你的存在没有错，"小川要让他明白，"每一个人活着，自有他的使命和责任，请你先接纳自己。"

小川知道他不可能一下就转变的。老医生说他可能心理上把自己当成女孩子了，爱新爵萝跟巴托丽在一起无拘无束，甚至可以勾肩搭背地说笑。

"你是温柔的好男孩，会被世界温柔以待的。"小川鼓励他。

爱新爵萝整天被家里人骂懦弱，经常被菁桦院的男孩嘲笑为娘娘腔，生而为人，他觉得抱歉。而小川告诉他，他的存在没有错。

多少人认为，他活着是个错误。应该优秀的哥哥活下来，他这么懦弱不堪的人该死去。可老天让他活了下来，在周围人的嫌弃下，他一度认为自己活着就是一个错误。可小川告诉他，他的存在没有错，老天让他活着，自有他的使命和责任。

爱新爵萝感动得哇地大哭起来。

小川吓了一跳，以为自己说错了什么话，赶快哄他不要哭。

爱新爵萝大哭一场，心里好受了很多，对小川也有了不一样的看法。这个脑子少根筋的小川竟然有与众不同的见解。这见解就如灵丹妙药，让爱新爵萝心里舒服多了，他吃了晚饭。就抱着小霾毛绒玩具，躺在了病床上。

临睡之前，他例行对着小霾毛绒玩具诉说一天的烦恼：爷爷让他丢人，爷爷脱他裤子。最后又说："小霾，那些脱我裤子的人很坏，你去变成怪兽吓唬他们，让他们像壮熊那样倒霉，好不好？"爱新爵萝嘟嘟囔囔就睡着了。

第二天早上，检查结果都出来了，医生要单独和爱新爵萝聊聊。小川出去了，虽然他也想知道爱新爵萝有什么问题，但他知道那是隐私，他最好不要去问，免得爱新爵萝尴尬。

跟医生聊过，爱新爵萝就说可以出院了。他们收拾东西回到翡翠园。

爱新爵萝刚一进家门，就被眼前的景象吓得目瞪口呆，他晚上的祈祷成真了。

爷爷遭到了报复！

昨天晚上他对着小霾毛绒玩具祈祷，让脱他裤子的人倒霉。今天回家一看，爷爷真的倒霉了——绿骨头展厅都被破坏了。

爱新政德看到自家所有绿骨头都变成了朽木，他就站不住了——爱新家完了，一屋子的财富化为了朽木。

扑通一声，爱新政德跌倒在地，许多仆人惊叫着过来搀扶抢救。

爱新爵萝吓傻了，他看见家里仆人惊慌失措，他最喜欢的女仆翠菊昏倒在地。据说她是早上来绿骨头展厅打扫卫生，撞见了霾怪兽吓昏过去了。

小川不顾外面的哭天抢地，走进去查看，发现许多小霾毛绒都被开膛破肚，扔得到处都是。

这是什么人干的呢？为什么要破坏毛绒玩具呢？

小川走进去看，发现绿骨头展厅也被破坏了，展柜都横七竖八地倒在地上，一屋子绿骨头都不见了——啊，这不是消失了，而是绿骨头变了颜色。

所有漂亮的绿骨头变成了朽木，损失惨重，怪不得爱新政德站不住了。

小川蹲下来，找了两个破碎的玻璃片，把那骨头夹起来凑近看，这原本漂亮的绿骨头好像被放在烟囱上面，熏染了一层灰霾——长了一层茸茸的灰毛。

豆腐啊，肉啊，在冰箱放久了就会发霉长毛。可是绿骨头没有水分，它简直像玉石翡翠一样光滑透亮。骨头不会发霉长出菌丝。

小川用玻璃刮下一块，拿到门口光亮处看，这是病菌丝——好像玛丽塔胳膊上的病菌丝！

小川感到头皮发麻，又是霾病毒？

他返回去，又用玻璃片刮！啊，绿骨头并没有坏掉，只是长了一层绒毛。病菌想要腐蚀绿骨头，但绿骨头不是肉，根本无法腐蚀，只是被一层腐蚀的菌丝包裹着！小川发现如果清理掉，这些骨头还能恢复原样。

爱新政德悲伤痛苦，想死的心都有了。本来绿骨头就越来越稀少，生意越来越难做，现在可好，仅剩的绿骨头变成了朽木，这是爱新家族唯一的财产了，爱新政德想到这里心疼得不想活了，任凭仆人怎么劝说都无济于事。

小川走出来，告诉他骨头还能卖钱。

爷爷瞪大眼睛，"你说什么?"

"骨头没有变成朽木，只是被一层腐蚀菌丝包裹住了，"小川说，"洗洗还能变回原样!"

爷爷忽地站起来，挣脱开仆人，跑去展厅伸手要拿长毛的绿骨头。

"别动，"小川喊道，"不能用手拿，除非你想感染霾病毒。"

爱新政德慌忙缩回手。

"绿骨头上的毛，可能是霾病毒，"小川说，"我看跟玛丽塔胳膊上的差不多。"

大家一听都往后退。

"也没有那么可怕啦!"小川又安慰他们，"也许不会传染，还是不碰为好，你们可以戴上防霾手套，清除掉上面的病菌丝，还能变成原样。"

小川建议他们用刷子把病菌丝刷下来，毕竟，这绿骨头像石头一样，不是那么容易被腐蚀，他们的财富没有少。

爱新政德一听，对小川感激涕零，派人去找阿里木教授要防霾手套，清除骨头上的病菌丝。

家里财产没有损失，爷爷恢复过来，爱新爵萝偷偷松了一口气。

这是不是自己的诅咒应验了？他晚上对着小霾玩具祈祷，让脱他裤子的那些人倒霉。爷爷脱过他的裤子，爷爷就倒霉了。

难道小霾玩具能听懂我的心思吗？是它让爷爷倒霉的吗？爱新爵萝看着自己怀里的小霾毛绒玩具。

# 第十四章

## 雾霾和白影子

"翡翠园到底发生了什么?"小川问,"怎么就成了这副模样?"

"应该跟昨天晚上的白影子有关!"爱新政德说。

昨晚,他正为爱新爵萝的事情失眠,辗转反侧到了半夜也没有睡着。他看见落地窗外面飘荡过一个白影子。爱新政德是彪悍的无神论者,他一点也不害怕,心想肯定是自己老眼昏花了,不以为意。他继续想着大孙子,那孩子文武双全,高大帅气责任心强,知道顾全大局。他才是爱新政德心目中理想的接班人,但他为了救弟弟被车撞死了。

爱新政德仰头长叹:为何死去的不是爱新爵萝?老天让如此优秀的孩子死去,留下软弱无能的爱新爵萝。强悍的爱新家族怕是要没落了。

想起这个不争气的龟孙要建个不男不女的厕所,爱新政德差点儿一口老血喷出。

他睡不着,生气地翻了个身,突然看见窗外的白影子飘向展馆方向，他躺在床上看着白影子竟然从门缝钻进了绿骨头展馆。

爱新政德叹了一口气，自己的眼睛肯定是长了白内障，才看成一个白影子。

他没有起床去查看，因为他相信自己家的安保系统。如果有异常，会报警的，没有响声就证明是他眼花了。他翻过身子劝自己赶快睡去，不然早起没有精神。他昏昏沉沉刚睡着，就听见早起打扫卫生的仆人叫起来。

这是要被开除的，主人没有起床之前，仆人走路干活都不能有声音的，更何况还扯着嗓子号叫。他气呼呼地坐起来，就看见自己的房门被撞开，没有他的命令，谁敢闯进他的房间？这真是反了，他正要怒骂，却看见跑进他房间的仆人晕倒了。

他踢了仆人一脚，走出去，看见绿骨头展厅方向，几个仆人惨叫着逃命，"妖怪，妖怪啊！"

爱新政德快要被气死了，他从来都不相信有鬼神妖怪之说，就穿着睡衣朝展厅走去，果然看见一个白影子飘出去，还真像传说中的鬼魂，飘飘然到天空就弥散开了。

"你看看，就是那个东西！"爱新政德指着天空。

小川朝天空瞅去，什么也没有！这老人家还没有从惊吓中恢复过来吧？小川想。

"你好好瞅瞅，天空因为白影子变得不同了。"爱新政德提醒他。

小川仔细看了看天空，确实有些不同。森林王国的天空，一向都是纯净的如勿忘我花的蓝。而这个时候，翡翠园上空有一些缥缈的雾霾，灰蒙蒙的，让人心情不好。

"那就是白影子变的！"爱新政德解释，"我亲眼看见白影子弥散开来，变成灰蒙蒙的雾霾。"

旁边几个仆人也证实，他们都亲眼看见了。

昏迷的女仆翠菊苏醒过来，她也做了证实。早上，她像往常一样，推开绿骨头展厅打扫卫生，看见一个白影子飘在展馆内。这个肥胖胆小的女仆本来就有些惧怕绿骨头，惊叫着往外跑，不但惊醒了爱新政德，也惊扰了那个慢悠悠飘着的白影子。

白影子一下冲出展厅，在女仆的惊叫声中爆炸弥散开来，化成灰蒙蒙的雾霾。

小川听了她的讲述，仰着头看得脖子都酸了，也没有看出是什么东西。

阿里木教授听说有霾病毒，就带着仪器过来了。听完女仆和爱新政德的讲述，他就用无人机升到天空，采集了一些空气，当场就对空气进行化验，看是什么东西。

他化验了一番，就下了定论，"污染爆表！"他说。

污染爆表什么意思？大家都听不懂他的专业术语。

"爆表就是有毒！"阿里木教授解释，"空气有毒！"

爱新政德解释，他看见的白影子似乎很干净，不像有毒的样子。而阿里木教授的检验却证实，那个白影子一点也不纯洁，还是带着霾病毒的雾霾。

　　但森林王国以空气清新闻名，森林覆盖率百分之七十，是不会出现雾霾的。

　　灰蒙蒙的雾霾和白影子是怎么回事呢？

　　小川肯定这个白影子跟壮熊看见的是同一个，阿里木教授十分担心又跟小霾有关。

　　而爱新政德觉得无所谓，他要大家放心，一点雾霾污染，风一吹不就消散了吗？尽管污染就在他的翡翠园上空，但依然不能掩饰他的开心，小霾毛绒公仔破坏了不要紧，重新做就可以了。绿骨头可不那么容易得到，这是不可再生资源，最值钱的绿骨头没有问题，爱新政德相当开心。他让众人修理损坏的展厅，清理绿骨头上的病毒菌丝，然后让孙子继续去培训班。事情有惊无险地过去了，没有损失，大家该干啥干啥。

　　爱新爵萝有些失望，他又要回到菁桦院。

　　菁桦院里，大家都听说了爱新爵萝家的遭遇，他们都围拢过来，爱新爵萝以为大家是来关心问候他的，可众人都很好奇白影子。

　　爱新爵萝如实讲了，大家纷纷猜测白影子是什么东西。到了下午，小川已经听到关于白影子的各种版本：有的说是爱新爵萝家做了坏事——绿精灵杀多了，绿精灵变成白影子来报复的；还有人说，爱新爵萝的爷爷快要死了，因此看见了鬼影；还有的说，是小霾化成白影子又出来作怪。

小川告诉大家，小霾封印在关塔纳魔湾监狱，根本没有出来。

但有人猜测，监狱守卫睡着了，小霾变成空气从门缝钻出来报复他们的。

一整天，小川和爱新爵萝快要被烦死了，他们不停地应付各种前来问询的人，一遍一遍解释霾不会变成白影子。

大家对霾根本没有正确的认识，全是各种想当然的猜想。众人八卦起来简直创意无限，令人啼笑皆非。小川觉得真需要老医生写本书，科普一下霾，免得这些无知的人乱猜测。

好不容易熬到了中午放学，他们终于不用回答问题了。爱新爵萝坐在大树下想等着学员走完了，再去上厕所。鲁尼和阿豹走过来。

"听说你昏迷过去了。"鲁尼问，看来，流言又演变成爱新爵萝昏迷被送入医院，他们家一个仆人被霾怪兽害死了。

爱新爵萝气得脸色通红，这都是什么流言蜚语？

"大家都说你去了医院？"鲁尼追问。

"我去了医院，但不是吓昏。"爱新爵萝解释。

"那是什么？"鲁尼问。

爱新爵萝没有回答，如果知道他因为隐私处去看医生，鲁尼会更加认为他猜测对了，"反正不是昏迷！"爱新爵萝说。

但鲁尼认定就是，他开玩笑地问："昏迷过去是什么感觉，有没有另外一个世界，看到了什么？"

"我没有昏迷!"爱新爵萝气急了,"我,我诅咒你不得好死!"

鲁尼冲过来要揍爱新爵萝,小川赶忙跑过来,"你们干什么?"

"不要你管,"鲁尼粗鲁道,"我就是看他不爽!"

"看他不爽你就可以扒他裤子呀?"小川说,"我看你不爽,我也可以扒你裤子吗?"

鲁尼没有想到小川这么问,说不出话来。

"不会扒你的裤子,"爱新爵萝突然愤怒道,"霾怪兽会扒了你的皮。"

"啊,小霾扒下他的皮?这太狠了爱新爵萝!"小川劝道。

鲁尼瞅了一眼爱新爵萝怀里的小霾玩具,似乎惧怕它会变成真的。大家知道霾污染了风景区,又导致玛丽塔昏迷。鲁尼心里还是很惧怕霾怪兽的。他就赶快离开爱新爵萝,去报告了院长,说爱新爵萝带着霾玩具到处吓人,还诅咒他。

院长过来批评爱新爵萝。

爱新爵萝受不了,学生扒他裤子院长不管,反而还批评他,"你也会感染霾病毒的。"爱新爵萝大声诅咒院长。

院长快被气死了,"你果然在诅咒人,罚站!"

爱新爵萝站在教室门口,他诅咒院长,诅咒菁桦院爆炸。小川根本劝不住,只得把他带到飞行训练场边上,免得别人听见他恶毒的诅咒。

爱新爵萝对着怀里的小霾玩具喃喃自语。他生气的时候,受到欺负的时候,都会对着小霾玩具诉说。前天,在医院里对

小霾玩具诉说对爷爷的各种不满。现在他又诅咒同学不得好死。

"爱新爵萝,诅咒别人是双重的,"小川劝他,"在把对方送进地狱的同时,你的灵魂也会进入地狱。"

"鲁尼才会下地狱!"爱新爵萝哭得一把鼻涕一把眼泪。

小川找纸巾给他擦眼泪,发现口袋里没有,于是他去了不远处的小卖部,买了一包纸巾。等他拿着出来,就看见了奇怪的一幕:阳光下,一个白影子从爱新爵萝身体上钻了出来。

这大白天的,可不是见鬼了?

小川慌忙揉了揉眼睛,看清了那白影子是从小霾玩具嘴巴里飘出来的。

# 第十五章

## 诅咒应验了

白影子快速飘走，隐入树木后面。

小川慌忙跑过来，他把纸巾递给爱新爵萝，"你看见白影子吗?"

爱新爵萝止住哭泣，茫然地摇摇头，"白影子，破坏我家的白影子吗?"

"好像是!"小川张望着寻找白影子。

爱新爵萝脸上挂着眼泪笑了，"我希望白影子杀了鲁尼、阿豹，还有……"

他的话音未落，周围就响起呜呜呜的可怕的声音!

一阵狂风过来，奇怪的是这风能看见——刮来的是浓雾，瞬间笼罩了飞行训练场地，吹翻了飞机，笼罩在菁桦院上空。接着浓雾扑面而来，就好像有人对着他们放毒。

突然被浓雾笼罩，大家面对面都看不清楚。正在吃午饭的学员，不知道怎么回事，全部像瞎子一样，惊叫着往外跑。因为看不清，无数人跌倒在楼梯上，后面的人踩踏上去。

而外面，爱新爵萝远远地站着，看这浓烈的雾笼罩了餐厅，开心道："看你们还说我，让你们都昏迷过去，就知道昏死过去是什么感觉了！"他痛恨地诅咒着。

小川看着突如其来的浓雾瞬间笼罩了餐厅，他冲过去，大声喊道："不要惊慌，不要惊慌，慢慢撤离，这是浓雾。不要惊慌，只是浓雾。"

他不停地喊着，惊叫声少了，大家也不那么惊慌了。

"你为什么管他们？"爱新爵萝跟过来质问，"我诅咒他们被霾污染，不然他们根本不理解我的痛苦。"

"你疯了，难道为了让他们理解，都要他们感染霾病毒吗？"小川生气道。爱新爵萝不知道中了霾病毒是多么痛苦，他没有守在过玛丽塔身边，不知道一个人躺在床上不能动弹是多么悲哀。这些人对霾一无所知，这些人可以不理解他们，但是小川不愿他们感染霾病毒。他们不该遭受那么痛苦的惩罚。

"把你的小霾玩具给我。"小川严肃道，这次污染肯定跟他的玩具有关！他要把这个玩具带给阿里木教授做个检验。

爱新爵萝抱紧了玩具，"不关我的事，我和你在外面的，你都看到了。"

"我就是看到了！"小川说，"我刚才亲眼看见白影子从你怀里出来，你在诅咒同学倒霉，那个白影子出现，大家真的倒霉了。"

　　爱新爵萝一脸惊喜，如果真是这样，那太好了。他可以让小霾给他报仇，这样谁也不敢再扒他的裤子了。

　　爱新爵萝抱起小霾毛绒玩具就跑，既然毛绒玩具这么有用，他才不会给小川呢。


　　浓雾突袭菁桦院，消息很快报告给了毕莫大人。

　　他下了命令：霾研究所和救援队前往菁桦院，保证不能让任何一个学员受伤，特别是巴托丽。毕莫大人的意思很明确，如果她不受伤，这场污染就是小事，如果她受伤了，这就是大事。

　　最先冲过来的是保镖和仆人，他们本来就在码头待命。看到浓烟四起，以为发生了火灾，都跑过来保护自己的主子。

　　如果不慌不忙大家都可以安全撤离。可谁也没有见过这么浓烈的雾，加上刚刚听说爱新爵萝家族遭受了霾污染。被爱新爵萝诅咒过的鲁尼，看见滚滚浓雾涌过来，立刻联想到霾怪兽，以为爱新爵萝的诅咒灵验了，尖叫着逃命。其他人听到惊叫声，虽然不知道是什么恐怖事件，但都争先恐后地跑下楼。因为看不清，大家互相撞上，结果许多人摔倒被踩踏。

　　心理恐惧比利剑更伤人。本来浓雾不会造成伤害，但恐慌造成了踩踏事件。

　　小川追赶爱新爵萝，却发现菁桦院一团糟糕：有的学生直接从楼上跳下来，摔伤了；有的慌乱中扭到脚；有的被人推倒；受伤的人不计其数。

爱新爵萝抱着小霾玩具，站在角落中看到众人的惨状，感到特别解气，"活该！"他开心道，"叫你们欺负我！"此刻，他由被霸凌变成了霸凌者，释放出看似弱小无援者的暴力。

校园内太混乱了，小川找不到爱新爵萝，就冲进去抢救不能动弹的人。突然看见巴托丽靠在墙壁上，他跑过去，"巴托丽，巴托丽，你没事吧？"

"哦，小川，我扭到了脚！"巴托丽沮丧道，她从楼上跑下来的时候一脚踏空，扭到脚不能走路，人人都惊慌失措，没有人顾得上她，她只得躲在角落里。

"我送你去船上，快点撤离，这空气有毒！"他抱起巴托丽就往码头跑去，正遇到前来寻找她的众仆人，小川把巴托丽交给他们。

"巴托丽，你先回去！"小川说，"我帮其他人撤离。"

"小川，你要小心！"巴托丽说。

小川对她苦涩地一笑。森林王国下了绿头文件，让他查找污染源，他却亲眼看着污染袭击了菁桦院。小川返回又救出一个被撞到额头的男生。他被撞得昏倒在楼梯上。小川背着这个男孩出来，就看见各种车辆开来，霾研究所的防疫医生、救援队进入菁桦院。

小川看到阿里木教授也来了，"你又来做化验吗？"

"两个任务，"阿里木教授说，"所有人都要先救援公主。"

公主？这里有公主吗？

"是巴托丽，听说已经安全送出去了！"阿里木教授松了口气。

"啊？巴托丽是公主啊？"小川很吃惊，似乎明白了，为什么毕莫大人说她是个麻烦，保护公主当然是很麻烦的事情。

公主没事，阿里木教授就要执行第二个任务了：他们要控制这污染的空气，不让污染空气传播到其他地方。

这里已经赶来了很多救援人员。小川可以撤退了，他要去找爱新爵萝，要他交出小霾玩具。

今天，是爱新爵萝心情最好的一天了，他提前放学并且不是旷课。菁桦院出现浓雾，这可是难得一见的事情。而且他不用承担责任，没有人知道他在心里期待菁桦院倒霉，结果真的出事了！没有人知道——除了那个讨厌的小川。

小川一定是脑子有问题，爱新爵萝就没有看到什么白影子，他却看见了。

爱新爵萝分析：小川的话语不能相信的，这个家伙，根本就不能算个人，据说他还是XO血型，普通人怎么会有那种血型，说不定他是怪兽。因此他的话是不能相信的。

爱新爵萝断定，这事跟他没有关系，浓雾来的时候他就站在外面，他可以轻松离开了。

不过，这是多么惊人的巧合啊！他希望壮熊不要来上学，第二天，壮熊遭到霾攻击；他对着小霾公仔诉说不想回家讨厌爷爷，家里就出事了；当他恨死了院长，想让所有人都倒霉的时候，菁桦院也出事了。

爱新爵萝不由得感叹，多么可怕的巧合啊！他兴奋又胆战心惊，这是小霾干的吗？难道小霾知道他的心思，因此让他心想事成？

他看着小霾毛绒玩具，像真的一样，那双眼睛是那么明亮！他看着看着突然扔掉了毛绒玩具。他觉得小霾太真实了！他惊恐地退后，毛绒玩具掉在了地上，并没有爬起来，还是一个玩具的样子。

我想多了！爱新爵萝又捡起玩具抱在怀里。

他每天都抱着霾玩具睡觉，没有它他是睡不着的，他把所有心事诉说给它听。听人说，玩具陪伴主人久了，就会有灵气，小霾真有灵气吗？

不管怎么样，小霾毛绒玩具都是爱新爵萝唯一的贴心朋友。他不会让小川拿走的。

小川正在寻找爱新爵萝，人来人往的救灾现场，爱新爵萝不知道躲到哪里去了。他找了好久，一无所获。

爱新爵萝肯定知道自己的玩具有问题，当小川跟他要的时候，他拿着霾玩具逃跑了。

小川发誓找到爱新爵萝，无论如何都要把这个霾玩具要回去，带给阿里木教授检查。

# 第十六章
## 真假小霾

人能阻止污染的空气流通吗?

如果水源污染了,可以截流;如果病毒传播,可以下封锁令,像封锁荔波湾那样封锁疫情区;空气污染了,人能阻挡空气流通吗?

空气看不见,摸不着,抓不住啊!

阿里木教授看着天上的空气发愁,怎么才能不让空气流通呢?如果一场大风吹过,污染肯定会扩散到森林王国——这个号称环境最好的国家。

阿里木教授问了气象员,暂时不会有风,于是松了一口气,无论哪一种方式,只有有时间才能执行啊。

他带领霾研究所的工作人员,沿着菁桦院竖立起三十座防霾塔,把污染的空气抽进塔中,过滤掉其中的污染。

空气被净化了,阿里木教授化验残留物,里面还是有霾病毒。

每一次污染都有霾病毒，这让小川想到了小霾。

他和阿里木教授去查看的时候，发现小霾很乖，它像个布偶般一动不动地待在监狱里。

小霾一向很调皮的，它一动不动待在监狱里，有两种可能：一是美人之泪真的有效，它被封印住不能动。二是监狱里面封印的是个霾玩具，根本就不会动。

冒出白影子的那个布偶——爱新爵萝拿的玩具——才是真正的小霾！

如果是这样，发生的事件就都解释通了，真小霾在外面释放出霾病毒，假玩具被关在监狱。

小川把自己的推断说给阿里木教授听——真假小霾调换了！

教授看了他一眼，"你们费尽心力，抓了个假的回来，那可真丢人，毕莫大人会发脾气的。"教授劝他没有证据之前，最好不要乱讲。

他建议小川把那只小霾毛绒玩具拿回来，给他检验，是真是假一目了然。


小川想起，捉住小霾回来的船上，爱新政德就拿着小霾和一个长头发的助手讨论制作小霾玩具。如果真被调换，应该是那个时候被调换了。

小川觉得应该去找爱新政德问个清楚。

爱新政德很忙，他正带领客人看绿骨头工艺品，他让小川去找设计师，当时他把小霾给了设计师。

小川去了玩具设计室，看到一个长头发的男人——正是那位助手，他正俯身工作台上画图。看到小川进来，他直起身子，一股艺术家的气息扑面而来，他有像桂皮一样颜色的长头发，一张长长的马脸。

"你的头发真漂亮！"设计师用那双明亮的眼睛打量小川，"那淡淡的紫色似乎给人一种沉浸在紫罗兰里的错觉。"

"因为缺少黑色素才这样！"小川解释。本来是无奈的事，被他说得那么诗意。

"这才让你鹤立鸡群啊！"设计师说。

"才不是呢！"小川可不这么认为，这是提醒他自己是个有缺陷的人，跟常人不同。

"如果我把小霾设计成一身雪白，像你的头发那样，可能会更加可爱！"他突然来了灵感，急忙伏在桌面上画起来。

这个人本来是翡翠园的顶级艺术品设计师，设计的绿骨头观音像价值千万，自从看到小霾，他就开始转行来画小霾玩具设计图了。小霾玩具设计一大车也不如一个观音像，因此爱新爵萝说他有些疯。

小川直接问他，第一只小霾拿过来是怎么处理的。

"样板！"他说，"老板给了我一个样板，让我照着做出来。"

他给小川讲，觉得那是老板对他的侮辱，他怎么能照着做呢，照着叫抄袭，自己想的才叫设计。但老板非要一模一样的，因此他只是用了两天时间，就做出了九个相同的，"摆在一起，老板都分辨不出哪个是样板。"他自豪地告诉小川。

小川担心的就是这个，"如果一模一样，肯定会弄错吧？怎么知道哪个是样板，哪个是你做出的产品呢？"

"我记着呢！"他说，"九个拿去生产，一个样板还给了老板。"

"样板和产品混淆在一起了吗？"小川特别问到这个细节。

他点点头，"我故意混淆的，我让老板猜。"

"那你不会弄错吗？"小川有些生气，肯定是他弄错了。

"怎么会弄错，才十个。"设计师一副深受打击的样子，又问小川，"你们把那个样板关进监狱，是真的吗？"

"当然！"小川说，"但我们怀疑你弄错了，把假的给我们放进了监狱，真小霾混入了样品中。"

"我不会弄错，一百个我也不会弄错。"他倒是生气了，"请尊重专业。"他设计绿骨头观音，可以把一百根头发设计得不重样，而且那头发弯曲多少度他都记着。这十个毛绒公仔不会弄错。

小川还是不放心，"如果弄错了，放在外面，恶魔可是会毁灭森林王国的。"

"没有错，我确定！"他说，"也许是小霾的妈妈。任何东西都会有妈妈，不然霾从哪里来的？"

外行！"小霾不是动物，它可以把身体爆炸成黑点，然后聚合成全新的模样，也许它根本就不是生下来的。"小川解释。

"正是因为如此，我才转行的，"设计师说，"如此可爱的外表，却是恶魔，多迷人啊！"

又是小霾的狂热粉丝，可以为了小霾改换行业。不过这不稀奇，那些粉丝还把关押小霾的监狱变成了旅游胜地呢。

也许他真的弄错了，只是没有注意到而已，送进去的肯定是毛绒玩具，不然小霾怎么如此乖巧听话呢？美人之泪怎么会一直没有失效呢？

小川让他找回当初做的九个小霾，他翻箱倒柜最后找到了一只，"就剩这个了，其他的都拿到工厂，不知去向了。"

这个小霾玩具跟爱新爵萝那个一模一样，小川拿着回去，正思考能否交换爱新爵萝手里的小霾，却看见毕莫大人过来了，他正站在绿骨头展厅门口，和爱新政德讨论什么精灵保护法。

看见小川，他便询问进展如何。

小川如实汇报，"我怀疑监狱里面关的是毛绒玩具，而真正的小霾还在外面。"

毕莫大人皱眉。

"真小霾有下落了，"小川说，"爱新爵萝拿的可能就是真小霾。"

毕莫大人笑了，"这个好办呀！要回来不就行了。"

他不喜欢混乱的生活，他希望早点查到污染源。如果是弄错了，赶快把那个真小霾抓回来，他限期三天之内把这事完结。

爱新政德自告奋勇帮忙，"这事包在我身上。毕莫大人，只求你不要那么快出台绿精灵保护法，我绿骨头展厅损失严重啊！"

## 第十七章

## 彼岸花盛开之日

爱新爵萝保证他的小霾是玩具，他拿着小霾毛绒玩具抖给小川看，"我知道你怀疑，只能说是巧合，那些坏事不是小霾做的。"

"我们拿给阿里木教授化验一番，就还给你。"小川商量。

"怎么化验?"爱新爵萝紧紧抱着玩具。

小川也不知道怎么验证，"大概拆开看看，里面是不是——"

爱新爵萝一听要拆开，就更加不同意了。在他心中，小霾不是玩具而是朋友。当你养个小狗，其实已经超越了动物的范畴，更多是伙伴，不仅仅是一只狗。小霾玩具之于爱新爵萝也是如此。

他绝不许把这个小霾开膛破肚。

"你是猎霾战士，"小川劝说，"应该为了团队能够完成任务交出小霾玩具!"玛丽塔就是为了森林王国的环境，献出了真小霾，那是她陪伴了多年的伙伴。

无论小川怎么苦口婆心地劝说，爱新爵萝就是不给。

爱新政德风风火火地过来了，他抱着八个全新的小霾毛绒玩具，放在爱新爵萝房间里，要求交换。

"你看，公的，母的，穿衣的，戴帽的都有，你想要哪个随便挑。"爷爷一副豪爽大方的样子。

爱新爵萝紧紧地抱着小霾玩具，摇头后退，"我永远都不会交换！"他竟然和爷爷一样固执。

他抱着小霾玩具，噌噌噌就跑向楼顶，躲进一间阁楼里，砰的一声，就把门从里面锁上了。

"躲在屋里有什么用，"爷爷追赶上来吼道，"给我出来！"

"你不能进来！"爱新爵萝在阁楼里说。

"出来，"爱新政德在外面捶门，压着怒火劝道，"不要惹爷爷生气，我让设计师再给你做十个一模一样的。"

"我不要新的，"爱新爵萝固执道，"我只要这个旧的。"

"小兔崽子，不听话是不是？"爷爷开始用脚踹门，他正在气头上，狠狠地用脚踹门，把门踹得摇摇欲坠。

"你要是硬抢，我，我就从楼上跳下去！"爱新爵萝哭着推开了阁楼的窗户。

楼下的仆人都惊叫起来。

小川一看不好，要是继续逼他可能会闹出人命，爱新爵萝看似软弱，其实性格跟他爷爷一样固执，可能会真的跳下去。

"爷爷不急，给我二十四小时，明天下午就能拿到小霾玩

具。"小川保证。

爱新政德也有些担心，要是真跳下去，窝囊孙子也没有了！只得同意小川的提议，带着仆人离开了。

爱新爵萝还是坐在阁楼里不出来，晚餐叫他也不去吃，送来也不开门。他坐在角落里，紧紧地抱着小霾不松手，生怕被抢走。

"小霾是我的最爱，我第一眼就喜欢上了它。在去荔波湾的船上，我追赶了很久，都没能抓到它，我以为再也看不到它了。"他哭着讲述与小霾的故事，"老天让我们再次相遇，我看见它在婶婶怀里，是那么可爱，那一刻，我找到了今生的最爱。"

"不要把这个拿走，行吗？"爱新爵萝楚楚可怜地请求道。

"爱新爵萝，这个可能是真的。"小川说。

"你弄错了，小川，我跟你保证，小霾没有离开过我，"爱新爵萝看上去诚心诚意的样子，"不是小霾做的坏事。"他说这个世界上，不可能只有一个小霾，它可能有兄弟姐妹，可能有一大窝。爱新爵萝以为小霾像狗娃，生下来毛茸茸的一大窝。

小川只得给他科普：霾不是动物，它是世界上唯一一只。

"我拿的是个玩具，不是那唯一。"爱新爵萝建议，"你可以拿其他小霾玩具去给阿里木教授检验。"

"也好！"小川同意了，他心里有个主意，他要等爱新爵萝睡着了，再把小霾调换，这样就不用争得死去活来了。

爱新爵萝简直又饿又累，在小川的劝说下，终于打开门从阁楼走出来。此刻已经是凌晨两点了，他抱着小霾回到自己房间，就倒在了床上。

爱新爵萝抱着小霾玩具，开始了每天晚上例行的倾诉。无论多晚，他不说就睡不着。他才十六岁，并不知道自己的心理出了问题，他只知道不向小霾诉说他就无法入睡，这也是他坚决不让拿走玩具的原因。

他自言自语到深夜，终于睡着了。

小川等了好久，终于听见爱新爵萝沉睡的鼾声，他轻手轻脚走到爱新爵萝床前，想要抽出小霾玩具。可爱新爵萝抱得很紧，他不是拿着小霾玩具，而是紧紧地抱着。即便是睡着了，他也没有放松。

小川有些可怜起爱新爵萝了，这个生活在富家的孩子，精神高度紧张，睡觉的时候也没有放松。在家中，因为强悍的爷爷，他感到压抑。在学校，他上个厕所都提心吊胆。他没有安全感，时时刻刻活在紧张中，他很痛苦。

小川尝试了很多方法都没能拿出来，如果爱新爵萝每天都这么紧紧地抱着，小霾是没有机会出去做坏事的。

难道他猜错了，爱新爵萝怀里抱的不是真小霾？

爱新爵萝翻了个身，抱得更紧了。小川没法下手，他躺回沙发上，打算等白天再找机会调换。

他迷迷糊糊就睡着了，不知道过了多久，听见爱新爵萝叫他，"小川，小川，去培训班啊！"

小川睁开眼睛，看着窗外天空黑黢黢的，他瞌睡得睁不开眼睛，而爱新爵萝却已经穿戴整齐了。

日头打西边出来了，今天是怎么回事？爱新爵萝不用仆人叫，早早起床去培训班。

小川坐起来，看见爱新爵萝抱着小霾玩具，便明白了。他是怕爷爷强要玩具，因此要早早离开翡翠园，躲进菁桦院。

小川麻利地起床，和他一起去学校。昨天晚上没有机会，那么白天，爱新爵萝不可能一直抱着，总有放下的时候，他肯定能找到机会调换的。

他俩偷偷摸摸地走出房间，躲躲闪闪往外面溜，从平时运送货物的偏门偷跑出来。这个时候，大街上还没有行人，只有早起打扫卫生的清洁车开过。小川看着东方显出了鱼肚白，天开始亮了。有早餐馆开始营业了，他俩去路边买早餐。

这是爱新爵萝爸妈和管家绝不允许他吃的东西——路边摊卖的东西不卫生，爱新爵萝却吃了一大碗。这云吞面没有摆成各种可爱的造型，而是热气腾腾一大碗，他大快朵颐，吃了一大碗云吞面外加两个葱花油饼。

这让爱新爵萝心情大好，他觉得自己从未吃过如此美味的热气腾腾的早餐。他们心情愉快地走向学校。

说句实在话，这比坐豪车开心多了，可以看见露珠在朝阳下闪闪发亮。爱新爵萝还看见了一大片盛开的彼岸花。

"今天是彼岸花盛开的日子！"爱新爵萝说。

小川完全没有看见彼岸花，他正跨过栏杆，到别人家草坪上捡了两个苹果，在衣服上擦了擦，分给爱新爵萝一个。

爱新爵萝抱着小霾玩具，而小川拎着毛绒玩具的耳朵，两人啃着苹果，走到了菁桦院。

小川以为他俩会是第一个到训练营地的，走到球场，却看见巴托丽已经在跑步了。

"早啊!"巴托丽跟他俩打招呼，她看见两个男生都抱着毛绒玩具，感到很惊喜，"你们也喜欢小霾啊，"她说，"我也有一个小霾玩具。"

小川有些不好意思，尽管把小霾当成枕头他很喜欢，但他不习惯抱着毛绒玩具到处走。爱新爵萝听到巴托丽谈论小霾，非常开心。

这天上午是音乐课，学生可以随便挑选座位，他俩选择坐在巴托丽身边。

音乐课上，爱新爵萝唱了他最拿手的歌曲，大家欢呼鼓掌，要求他再来一首。因为唱得太好了，一连唱了七首歌，爱新爵萝还下不了台。最后，他唱了《再见你要珍重》，大家鼓掌，女孩子们简直把他当成了王子，对着他飞吻。

而爱新爵萝在唱歌的舞台上找回了自信——他是最受欢迎的男歌手，他非常满意地走下台。

女教师让大家投票，评选出最受欢迎的歌手，将推荐参加森林王国举办的才艺大赛。

　　爱新爵萝回到座位上，看着距离下课还有五分钟，他要求上厕所。女教师点头同意，"去吧，回来会有大惊喜等着你哦！"

　　女教师对他的才艺很满意，如果让爱新爵萝代表菁桦院参赛，一定会拿大奖回来的。

　　爱新爵萝出去了，也许太开心了，也许他觉得这个时候厕所里没有人，他忘记叫小川和他一起，就独自一人去了厕所。

　　这一去，他再也没有回来。

　　爱新爵萝在下课前五分钟去上厕所，却倒在了血泊中！

# 第十八章

## 白影子大决战

红色的血从爱新爵萝的嘴巴、鼻子中一直一直往外流，怎么止都止不住！

小川扒开围观的人群，看见爱新爵萝倒在那片殷红的血泊中，倒在了他深深恐惧的厕所里，他脸上带着惊恐、不甘和愤怒的神情。

他终于撒手了，小霾扔在一边。

小川冲过去，没有去拿日夜盼着得到的小霾毛绒玩具，而是抱起了爱新爵萝冲向医务室。

他搞不清楚发生了什么。

下课前五分钟，爱新爵萝要去厕所，当时小川正和巴托丽说话，他们两个讨论着爱新爵萝未来会不会成为歌星。

爱新爵萝出去，谁也没有在意。大家都在积极地投票，议论着自己支持的选手。当女老师宣布爱新爵萝成了冠军，女孩们尖叫着欢呼，却发现他上厕所还没有回来。

巴托丽出了个主意，让大家都在门口两边，等爱新爵萝走进来的时候给他一个惊喜——撒花庆祝。

同学们都站在门后面等待着，房门一下子被推开，大家高喊着："我爱爱爱爱爱新爵萝！"

两个同学撒花，其余的冲过去把他抬起来扔到空中——糟糕，扔上去了大家才发现进来的是院长。众人都惊讶得愣住了，没有人伸手去接，咚的一声，院长摔在了地上，他的老骨头都要摔碎了。

"你们，你们搞什么？"院长生气道，"听说爱新爵萝昏迷过去了。"

所有人都不相信，院长是不是摔傻了，他在说什么？

"爱新爵萝不在班里吗？"院长惊恐道。

爱新爵萝不在班里，大家都意识到可能真的出事了，纷纷跑出去查看，发现厕所门口挤满了人。

小川扒开围观的众人，发现爱新爵萝已经倒在血泊中昏迷了。他把爱新爵萝送到医务室抢救。

就听见刚才围观的众人又发出惊恐的叫声，原来是爱新爵萝的小霾玩具在动。

毛绒玩具正在血泊中抖动，张开的嘴巴里冒出一个白点。

这是真小霾？它动了！

小川瞬间明白了，小霾被美人之泪封印住，但它能凝聚成一个白点脱壳而出。

白点出来以后，毛绒玩具不抖了。所有人都盯着白点，它飘浮在空中，越来越大，慢慢变成了白球。

白球颤抖着，砰的一声爆炸了。就在光天化日之下，就在众人面前，它幻化成一个恐怖的白影子。

小霾变成了恐怖的白影子，展开了血腥的杀戮。


菁桦院顿时乱成了一锅粥，学员们看见那恐怖的白影子飞起来，惊叫着四处奔逃，老师想要有序撤退已不可能了，大家吓得失去了理智。

院长也亲眼看到了如鬼魅的白影子，吓得脸上的红光也不见了。他脸色煞白，跑向停车场想要逃跑，却发现无数车辆都蜂拥前来他的菁桦院。

毕莫大人首先听说小霾变成白影子怪兽袭击菁桦院。

他气得一拍桌子，要求封锁消息，不能让国王知道。菁桦院接二连三出事，国王的宝贝女儿巴托丽在那里，国王知道肯定会撤去他首相的职务。

来报告的守卫战战兢兢，"首相大人，这个恐怕封不住。"小霾变成白影子怪兽袭击菁桦院，许多人都看到了，消息已经传开，无法隐瞒。

"所有人都可以死，"毕莫大人吼道，"首先保证撤出巴托丽公主！"

一队士兵领命出发。

"所有霾机构，霾研究所，猎霾训练营，霾专家全部出动前往菁桦院，"毕莫大人命令，"控制住白影子，阻止它到处飞。"

阿里木教授想到可能无法控制住白影子，他想说话，但看到毕莫大人的鹰眼能杀死人。他硬着头皮出去，带着众多霾专家携带武器前往菁桦院执行命令，阻止白影子到处飞。

"要保证公主不能受伤。"毕莫大人吼道，"如果公主不能安全归来，猎霾战队全体成员都得死！"

首相大人命令如山，他身边的所有下属、守卫都跑出去执行任务。

防疫医生，各种救护队，都蜂拥前往菁桦院。大桥上瞬间挤满了前来救援的车辆。而水面上，各种救援救灾船只朝着菁桦院推进。

爱新政德和其他家长也听说菁桦院出事了，他们蜂拥而至，前来保护自己的孩子。

这个时候，如果从空中俯瞰便能看到，无数黑压压的人群，都朝着天麓湖中央的小岛上集结。

白影子如死亡鬼魅，在空中俯视了一圈，似乎在寻找下手的地方。两名保安看着这飘荡在空中的白影子，吓得不知所措。

白影子朝着四号楼冲过去，小川大喊道："大家快点疏散啊！"

到处都是惊恐的喊叫声，他的提醒并不能盖过所有声音。

小川跑过去抓住两个保安，"霾怪兽袭击，去广播室通知疏散学生。"两名保安才反应过来，跑去广播室。

距离事发地点比较远的教室内，老师还在上课，根本不知道外面发生了什么事情。

白影子带着一股狂风，吹倒了楼前的大树，朝着四号楼扑去。许多老师像地鼠一样从教室里探出头来，想弄清楚发生了什么事情。他们发现了飞在空中的恐怖白影子，惊叫着让学生撤离。

眼看白影子就要冲向大楼，大家还正在疏散中，这必定会造成伤亡。小川奔过来阻拦，挥舞着手中的猎霾宝剑，从白影子身后削过去，把白影子的脑袋和身子劈开了，攻击停住了。

白影子愤怒了，脑袋和身子迅速合成一个圆球，快速旋转嗖嗖作响，朝着小川袭来。小川缩身往下，一骨碌滚出好远躲开了。他发现自己身体反应迅速而且弹跳力强，正惊喜，白影子唰的一声摊开了，变成一张巨大的白床单，朝着小川包裹过来。小川慌忙躲避，只听见哗啦一声，他和身后旗杆都中招了。

瞬间，绿旗子成了长满灰毛的灰旗子，再也飘不起来了，明亮的铜旗杆也包裹上了一层灰毛。

而小川还是安然无恙，他身上并没有感染霾病毒。

他转身攻击白影子。

白影子跳跃起来，踩着树顶，飞向四号大楼。

这个时候，响起了广播：霾怪兽袭击，大家快速撤出教学楼！大家快速撤出教学楼！

一听霾怪兽，教学楼里惊叫声震天。敖犽、巴托丽和鲁尼他们惊叫着冲下楼梯。

小川攻击白影子，阻止它袭击教学楼，给大家争取撤退的时间。

白球嗖一下飞到高空，变成一把利剑朝着小川头顶刺来，速度极快。小川来不及躲避，感到头皮一凉，他的脑袋竟然把利剑撞碎了，他毫发无损，利剑化为白烟。

袭击没有成功，白球旋转得更快了，像恐怖的飓风。小川感觉呼吸困难，一股凌厉的风吹来，他无法睁开眼睛，就听到轰隆一声，那团飓风冲塌了楼房。

但那只是空的楼房，在小川阻挡的时候，学生全都撤退出来。

飓风冲塌了高楼，又快速凝聚成一团，重新变成白球，再次朝着逃跑的学生吹过去。

巴托丽、敖犽和鲁尼、阿豹正在逃跑，白球唰的一声变成了长长的白毯子，扑向奔跑中的他们。

小川追赶过来，舞起宝剑刺穿白毯子。

白毯子唰的一声，飞到天上，朝着逃跑中的巴托丽四个人覆盖下来。

鲁尼听见了广播里霾怪兽来袭击的消息，正跑着，突然看见这个白毯子，便想起了爱新爵萝的诅咒，"我不是故意的，我只是开玩笑，"他后悔道，"我不知道他会摔倒流血，我不知道他会死！"

　　小川挥剑斩乱麻般地把白毯子弄碎，突然听见了鲁尼慌乱中的话语，他愣了一下，"是你，是你杀了爱新爵萝！"

　　就在他愣神的那一刻，没有斩断的白毯子就包裹住了鲁尼。他在那白毯子里面大喊："我不是故意推他的，不是故意的！"鲁尼越挣扎，白毯子包裹得越紧。

　　是鲁尼害死了爱新爵萝，小川十分生气，不想救他。

　　"救救他，救救他！"巴托丽看到鲁尼被毛毯怪物包裹住，哀求道。

　　"我，我没有武器。"敖燹不知道怎么对付这个像气体的怪兽。

　　"你们快点离开！我来！"小川还是决定救他。

　　白色毛毯把鲁尼裹在其中，越来越紧。小川挥舞着猎霾宝剑刺去，包裹的白毯子散开，鲁尼掉在了地上。

　　仅仅是犹豫的片刻工夫，他已成了血人，一身皮肤被霾怪兽腐蚀掉了，他全身沾染了霾病毒。

# 第十九章

## 雾·杀

敖㺄劝巴托丽离开，她是公主，不能在危险的地方。

巴托丽不走，她想要找人帮助小川和鲁尼。

白影子是迷雾，人根本没有办法抓住迷雾，敖㺄不知道怎么帮忙。

这个时候，霾研究所的人来到了岛上，阿里木带领的一众科学家从车上下来，纷纷拿出那绚丽的超强风枪。

巴托丽松了一口气，他们肯定会帮助小川的。

霾研究所的科学家都端着枪冲过去，他们看见从疯狂打斗中跑出来的鲁尼。他已经没有了皮肤，浑身血肉模糊，脚步踉踉跄跄，扑通一声倒在了科学家跟前。

阿里木教授两腿发软，他们端着枪在外围，却没有勇气冲进去厮杀。他们适合做科研，却不适合上阵厮杀。

爱新政德在人群中寻找，遇到了巴托丽，终于打听到了，爱新爵萝在医务室抢救。他冲过去找孙子，却与正要逃跑的院长撞了个满怀。

院长本来要逃跑的，但外面大桥上挤满了前来救援的车辆，水里停满了救灾船只，皇家勇士集结，所有人都在外围待命，他出不去了。

白毯子被刺破之后，它立即变化形状，成了一个带着翅膀的洁白球形。

"你是小霾吗？"小川问。他知道小霾会变成黑暗死神，却没有想到，从嘴里吐出的白点，能变成带着翅膀的白球。

白球抖动翅膀，小川便听见了利刃的声音。那巨大翅膀不是羽毛，而是尖刀。

小川握紧了手中的猎霾宝剑，"我不管你是什么，我都不许你破坏环境。"

小川攻击，准确而迅速，宝剑正中白球。

那白球受伤了！发出一声尖叫，"雾锁霾困！"

白球砰的一声爆炸了，唰唰！弥散成了雾霾，笼罩在菁桦院上空。

小川看着自己刺中的白球爆炸，成了空中的浓郁雾霾。

岛上寂静无声，所有人都抬头看，天空变了颜色，他们头顶上压下来一片浓郁的雾霾。

一股焦虑和无解的迷茫笼罩着每一个人。小川瞬间情绪低落，他感觉自己无力对付霾怪兽了，沉闷压抑让他心里忧郁起来。他伤了白球应该开心，不是吗？他怎么突然就失去了斗志？

他正纳闷，空中突然响起一个啸声——如风吹过峡谷，如女鬼在哭诉，呜呜——砰的一声爆炸！唰啦！雾霾降落下来。所有树枝上都结满了灰霾——好像冬天北方地区的雾凇一样，这里结出的是灰霾。

人人压抑到无法呼吸了，而鲁尼已昏死过去。

岛上响起了结冰的声音，所有树枝上的灰霾都凝结成一个白点。最后，所有白点飞出来聚拢到一起，白得耀眼，干净得惊心动魄。

哦，对手升级了，"来吧！"小川握紧了猎霾宝剑，"穿好新衣服，你该进坟墓了。"

白点聚拢成人的形状，扑棱一声，张开了巨大的翅膀。他慢慢地转过身来，面对小川。

"你？你是那个——那个天使？"小川目瞪口呆，灰霾结晶的白点凝聚成了天使。他白发如雪，纯洁无瑕，散发出神圣的光辉。

那忧郁的眼神正盯着小川。

没错，他就是从空中坠落海面上的洁白天使。

"我们见过三次了。"小川做好攻击的准备。

"事不过三，你要死了！"洁白天使忧郁地道。

他扇动翅膀，一阵冷风袭来，如刀割，所有人都浑身发抖，不由自主地退后。

天使从翅膀上拔出一根羽毛，挥舞着朝小川刺来。

天啊！不是羽毛，而是如羽毛般轻巧的柳叶刀。

小川挥起宝剑阻挡，叮当一声刀剑相碰，小川的宝剑一下子就断了。这羽毛般的柳叶刀真够锋利，竟然把阿里木教授特制的猎霾宝剑削断了。

柳叶刀如骤风袭来，小川后退躲闪。那刀快得无处躲避，正中小川的腹部，他感到肚子一凉，弓下了身子。天使拧动柳叶刀，想要把小川腹部伤得更深。

小川痛苦地弯腰捂住了腹部。

天使一下抽回柳叶刀，他得意地笑。可看到柳叶刀，他的眼神忧郁了，他的手中只剩下刀柄，难道柳叶刀断在小川肚子里了吗？

他正不解，突然感到身后有一股吸力拉着自己后退。他扭头便看到一个黑洞洞的风枪口正对着自己。

那是在外围的阿里木教授，看小川快被刺死了，他终于鼓起勇气冲过来，颤抖着举起了超强风枪，想要把凶残的洁白天使吸入风枪里面，解救小川。

天使生气了，转身面对阿里木教授。

这天使浑身上下都带着凌厉的杀气。阿里木教授吓得手直发抖，再也瞄不准了。他是做科研的，天生就不是上战场的料。

天使一巴掌就把阿里木教授手中的武器打掉了。扑通一声，他身后的小川捂着腹部倒在了地上。

霍研究所的其他人员都举着超强风枪，开始后退。这群科学家吓得腿都软了，没有人敢去助战。

天使朝着阿里木教授扑过去。一股超强风力过来，把洁白天使吹歪到一边，阿里木教授连滚带爬躲过了天使的袭击。

天使被强风吹得一个趔趄，转过身来，看见一个女孩拿着超强风枪正对着自己。

是巴托丽举着一支风枪，她想要救小川。

天使愤怒了，在翅膀上拔出一把柳叶刀刺向巴托丽。

"喂，你搞错对象了，刚才是我吹你的。"

天使感觉自己的翅膀被拉住了，他转过头来，小川正扛着那超强风枪，一手抓住他的翅膀，龇牙对着他笑。

这杂毛男孩不是中刀倒地了吗？天使朝小川的腹部看去，他肚子上只有一块白色痕迹，没有流血。

小川看见天使盯着自己的腹部，便问："你那柳叶刀是什么做的？冰得我肚子好疼啊！"

刚才，小川以为自己中刀了，慌忙捂住肚子。柳叶刀刺穿他的衣服，在接触他肚皮的一刹那，化成一阵冰凉，消散在他肚脐周围，冰到肚子疼得站不住，他就倒在了地上。不过，他腹部完好无损，看到自己没有受伤，他忍着腹痛爬起来，夺过一支超强风枪，攻击了天使。

天使转身看见巴托丽，以为是她攻击的，其实巴托丽刚刚跑到那儿。

　　小川发现这超强风枪能把天使吹到一边，觉得这武器挺好用的，把攻击巴托丽的天使叫回来，准备再吹他一次。

　　天使很惊讶，这男孩长得一副人样，难道不是人吗？自己的利刃没有刺伤他的腹部。而且他还用一只手抓住了自己的翅膀——那都是利刃，小川竟然没有流血。

　　刀子杀不死小川，天使就祭出了终极武器——雾霾炸弹！

　　他从怀里拿出一个白球，问道：“你能逃过我的雾霾炸弹吗？”

　　他举起白球就朝着小川扔过去。在他抬手的一刹那，发现自己被拽得后退，站不稳了。

　　他背后，巴托丽举起超强风枪，按下了吸入模式。白影子被巨大的吸力拉扯着后退，挣扎着想要逃脱。而小川配合得天衣无缝，他换成了吹风助推，两面夹击，天使无法控制自己的身体，被吸入了巴托丽的风枪中。

　　阿里木教授这个时候才敢动弹。他爬起来，慌忙锁死了超强风枪。

　　车内有密封的箱子。他把装有洁白天使的超强风枪锁进箱子里，让皇家守卫押送回监狱。

# 第二十章

## 青苔皇家医院

菁桦院变了模样，教学楼倒塌了，昔日漂亮的草地失去了颜色，全部枯萎了。

所有树木绿植上都是一片灰霾。

无数救灾人员像黑色的蚂蚁般登陆菁桦院，皇家勇士搭救公主，看到巴托丽没有受伤，都松了口气，护送她回青苔皇宫。

防疫医生上岛消毒，救援人员清点伤员。鲁尼的皮肤已经被腐蚀了，只剩血肉骨头还没有完全成为粉末。他的身子已经凉了，在白影子变成灰霾落在植物上的时候，他就已经停止了呼吸。

小川对付天使的时候，四号楼的学生都逃出来了，大楼坍塌没有伤害一个学生。大家都被防疫医生送上了救护车，前往医院接受身体检查。

押解天使的车子正驶往关塔纳魔湾监狱，小川和阿里木教授随车同行。

他们总算找到了污染源，捉住了天使，现在要送到关塔纳魔湾，让毕莫大人封印。

车子正行驶在大桥上，小川感觉桥面像是坎坷不平，车子跳来跳去的，把他颠得很难受。

"这路很烂吧?"小川问。

阿里木教授驾驶着车，来的时候道路平坦，一帆风顺，"不会是车厢里的霾怪兽在动吧?"

小川一下子跳起来，咣当撞到了头，他忘记是在车里了。小川揉着头上的大包，转身看车后，却发现车子已经飞起来了。阿里木教授使劲打方向盘，想要控制车子。

慌乱中，车子翻转，扑通一声，阿里木教授从驾驶室甩出去，掉进了湖里。

"啊，教授!"小川想要抢救，又想到汽车怎么能没有司机呢，他慌忙去抓方向盘。

车厢内关押的天使能把货车弄飞起来，可真不好控制。小川一定要把他送到监狱。车子不停地翻滚，他使劲抓住方向盘，却无法控制，他的身子吊在外面摇摇欲坠。

车子飞向了青苔皇家医院。


青苔皇家医院，最好的医生都集中在爱新爵萝病房中进行抢救。

爱新政德后悔得要死，他简直失去了理智，叫嚷要买下皇家医院，如果孙子不能醒来，他会把所有医生护士炒鱿鱼。如果医生抢救回孙子，他给医院捐款五千万。

爱新政德听说了孙子不敢上厕所的事情，非常懊恼。他从未将一个男生"不敢正常地上厕所"视为问题。孙子天天都不敢上厕所，天天如此难过，他竟然不知道。

一辈子争强好斗的他，没有想到自己孙子活得如此憋屈。他一把揪住院长，爱新爵萝不苏醒过来，他是不会放过院长的。

院长简直如坐针毡，他不知道软弱的爱新爵萝怎么会有如此强悍的爷爷——这老头简直能用目光杀死他。他很后悔，爱新爵萝的事情，小川给他反映过。

他对爱新爵萝在厕所内被强行脱裤子羞辱淡然处之，认为这"并不过分"。

他只是漫不经心地骂一骂那些男生，而未加适当辅导，以致酿成了今日的灾祸。

爱新爵萝的爸妈也是后悔不已，他们从蔓青国赶过来，便看到儿子已经昏死了。大儿子意外去世之后，爱新政德就担心他们带不好孩子，特地把爱新爵萝接到身边亲自培养。现在，又出事了。

他们正愧疚不已，突然，外面传来惊叫声，他们都朝外面瞅去。

天空飞来一辆货车，撞到一棵苹果树上。在苹果纷纷掉落的时候，车子也倒在了地上。

小川浑身是血从前面驾驶室爬出。与此同时，后面的车门挣脱开了，一个洁白天使飘出来！

爱新政德惊讶地看着那洁白天使。这就是他那天晚上看见的白影子，原来是个天使。

天使飘过来的时候，蜷缩成一团，像个巨大的白球，越来越小，到了他的面前就缩小成了白点，钻进了小霾毛绒玩具的嘴巴里。

这个玩具是真小霾，它虽然被美人之泪封印住了，但它能变成白点，从嘴巴里出来，现在它又回到了小霾毛绒玩具的嘴巴里。

小川清清楚楚地看见了。

他要快点抓住这个毛绒玩具。

小川冲进去，却被拉住了——老医生拉住了他。

老医生看见他受伤了，要带他去包扎伤口。如果他失血过多就会死亡，没有相同的血型给他输血。

包扎伤口止住流血比什么事情都重要。

小川看自己胳膊上的伤口不碍事，他挣脱开要去捉拿小霾，却又被阿里木教授拦住了。

阿里木教授掉进湖中只是呛了几口水，并无大碍，他刚刚到了医院，看到小川有伤口，就像豺狼闻到了血腥味道，两眼放出光芒，要把小川带去霾研究所。

检查这个伤口十分重要，能解开小川身上的秘密。他拉住小川要去霾研究所。

小川被老医生和阿里木教授拉扯着，双方都想把他抢走。

一个想要把他带到霾研究所去检查他的伤口，一个要包扎他的伤口。小霾近在咫尺，他就是拿不到。

"只是一个小伤口！"他挣脱，"你们干吗大惊小怪的？"

"你失血过多，就会死去。"老医生似乎比小川更爱惜他的身体，"赶快去包扎。"

阿里木教授看着小川的伤口，这肌肉中肯定有某种能量，能化解霾的攻击。

天使的刀都不能伤他！怎么就被车门碰得流血了呢？

检查一下就能解开他这奇怪的身体的秘密。

他们正在争持，急救室的门开了，一个护士气冲冲地出来，"你们吵什么吵，把病人都吵醒了！"

爱新政德和儿子儿媳一听，就高兴起来，"爱新爵萝醒了？"

"醒了，爱新爵萝要见——"护士看看一脸期盼的家长，"爱新爵萝要见小霾玩具。"

护士拿着那个小霾玩具就进了病房，她刚刚把小霾玩具放在爱新爵萝的怀里，爱新政德就进来了，那个玩具是小霾，他不准孙子拿着。

而爸爸妈妈也跟了进来，儿子怎么要玩具，不要爸爸妈妈呢？

爱新爵萝很虚弱，他看见家人和院长都站在门口，"好了之后，还要我去培训班吗?"他流泪了，"我不要活过来!"

他的心跳又不规律了，他不想活了。

"爱新爵萝，你可以不去，"小川从人群中挤过来，说道，"贵族培训班要关闭了!"

# 第二十一章
## 不一样又怎样

菁桦院虽然风景如画设施一流，却是思想荒芜之地，没有对学员心灵成长的关怀。

老医生曾经说过，菁桦院培训出来的孩子都是一个模子，院长不许谁与别人不一样。爱新爵萝因为与别人不一样，在菁桦院过得生不如死，他情愿再次死去，也不想再去那个让他痛苦的地方。

但听到小川的话，他又睁开眼睛看着小川。

小川要院长为他的不作为付出代价。不只爱新爵萝受伤了，还有壮熊和鲁尼，如果院长能阻止霸凌，鲁尼原本可以不死的。

一个贵族培训班，却不允许不一样的孩子存在，这是不对的。

世界，是该松绑正常与不正常的枷锁了！

小川站出来，他对众人说："你们知道吗？在菁桦院，爱新爵萝受尽了欺负。而院长坐视不理，他想要爱新爵萝跟别的男孩一样，他不接受与众不同。即使爱新爵萝的不同人畜无害，都不行。"

小川转向院长。

"我想请问院长,如果一个男孩喜欢布娃娃,如果一个女孩只是喜欢把头发剪得短短的,他们就要受到歧视、欺凌、殴打吗?"

老医生说过,真实才是生命最美的境界,每个人身上都有特别的那一块,他们可以和别人不一样的。

"而在菁桦院,爱新爵萝跟别人不一样就错了吗?"小川问,"被扒掉裤子,遭语言嘲讽——那些令爱新爵萝痛不欲生的一切,到了您眼中,只不过是一句'开了一个玩笑',如此云淡风轻、不足挂齿吗?"

小川也是个不正常的人,他一头杂毛,世界上没有人跟他一个血型,但老医生给他宽容和理解,他呵护小川的不同。

但还有多少人正走在爱新爵萝的旧路上,要被社会的"正常"机制推挤坠落,被黑暗吞噬。他们的"不一样"没有罪。

今天,小川要为不一样的人发声。

"这个世界不是简单的非黑即白!这个世界,正因差异而变得精彩。"小川说,"如果,我们发展到了最高阶段,可以任意在太空遨游,可以到其他星球定居,可以让所有能源无限,却还是抱着一颗狭隘、苍白而又古老的心灵,就算有一天我们都可以长生不老,又有什么用?仍然是将那旧的制度一遍一遍施加于新的生命。就算开的是宇宙飞船,事实上,仍然是紫禁城外街头那驭马的车夫。

"优秀的培训机构，应该允许孩子不一样。尊重每一片叶子的不同，这样才会有创造力，我们才能成为创造——而不是加工——大国。"

小川把老医生的话都讲了出来。

爱新爵萝的爸妈带头鼓掌，爷爷鼓掌，许多人鼓掌。

"无论你身边有多少与自己存在差异的人，只要他们是善良的，请你接纳他们，好吗？

"若不能理解，至少去尊重，尊重他们选择人生的权利。"

小川拥抱了爱新爵萝，对他说："你不孤单，我和你一起努力！"

爱新爵萝眼泪汹涌而下，他觉得人生值得活下去了。


这个时候，毕莫大人过来了。菁桦院接二连三地出现危险事件，公主万一出事了，他可无法交代。他要宣布关闭贵族培训班。

"菁桦院连续出现危险事件，再加上严重污染，"毕莫大人宣布，"关闭菁桦院，另外，两名学生受伤，一名学生死亡，菁桦院的院长要受到惩罚！"

毕莫大人摆摆手，两名守卫上去，就给院长戴上了手铐，送往监狱等待接受审判。

众人散去。

但老医生叫住了爱新爵萝的爸妈。

他早就想要跟他们聊聊了。当爱新爵萝第一次来医院，小川告诉他的时候，他就非常生气，想要找家长聊聊了，直到现在才有机会。

"爱新爵萝被霸凌，"老医生说，"他向你们求助过，你们竟然无动于衷。"爱新爵萝曾向爸妈发出过求救信号，但爸妈没有当回事，认为爱新爵萝在贵族培训班能学到更多东西，甚至能变得像大儿子一样优秀。却没有想到，他又像大儿子——出意外了。

"我们有点忙。"爸爸愧疚地道。

老医生相当不客气，"如果没有时间，请不要生下孩子！"他说，"孩子不是家长血脉留传的凭证，而是一个无法复制的个体。作为家长，要照看他长大，陪他玩耍，指导他面对这个社会，这需要花上大把大把的时间。如果拿不出时间来，请不要为了义务，而把一个生命草率地带到世界上来。"

爱新爵萝的爸妈愣住了，他们没有想到医生居然说出这样的话。

老医生毫不留情面，"不要妄想孩子成为英雄或者贵族，不要把自己未实现的梦想强加到孩子身上。"他说，"家长要做的，从来都不是按照心目中的想法去培养孩子，而是需要孩子去自己探索。他究竟爱什么，该成为什么样的人。家长所要做的，便是想办法帮助孩子寻找到这种天分，让他在这条路上畅通无阻。"

"爱你的孩子，无论他是什么人。爱他，并非因为他是个运动健将，或者考了满分，而是因为他是你的孩子，是你把他带到这个世界上来的。你要爱他，也许他爱哭，甚至一点也不优秀，如果连你也不爱他了，那他就失去一切了，谁还会爱你的孩子呢?"老医生说。

爱新爵萝的爸爸妈妈惭愧地低下头。

爱新政德看着这位白大褂老医生，意识到自己做得不对，他没有爱过爱新爵萝。现在，他同意爱新爵萝跟着爸妈回蔓青国。

但爱新爵萝却摇头拒绝了，他不要回家，他是猎霾战队的一员，他还有任务呢。他把毛绒玩具交给小川，"拿去检验吧!"

"不!"小川拒绝，"不用检验了!"大家都看见洁白天使钻进小霾身体里，"这是真的小霾，我把它送去监狱!"

"好，你说了算!"爱新爵萝听小川的。

"爱新爵萝，我把真小霾送进监狱，就把那个假的给你带回来。"小川开心道。

# 第二十二章

## 迷雾天使

监狱中。

小川把千辛万苦抓到的小霾放好，去拿那个玩具小霾。

他用手一抓小霾，感觉手上湿漉漉的，小霾的身体好像融化了，在往下流水，像泪水般吧嗒吧嗒滴落。

阿里木教授一看，慌忙让典狱长拿来一个洗脸盆，放在小霾身子下面。

这可能是美人之泪失效了。

阿里木教授拉着小川撤离，典狱长慌忙封印了监狱。

小川手上沾的是什么液体？阿里木教授拿去化验，"那些液体除大量的水外，还有溶菌酶、免疫球蛋白、补体系统、乳铁蛋白、$\beta$-溶素等。"阿里木看着化验出来的结果说道。

又是专业术语，小川听不懂。

阿里木教授解释："你手上沾的是美人之泪。"

"美人之泪？"小川有些不敢相信，难道是他搞错了，监狱里面的才是真小霾?

为了便于区分，小川在刚刚送进去的小霾脖子上系了一条红色的丝带。

有红丝带的小霾一动不动。

从监控器可以清楚地看到监狱里面的小霾身上亮晶晶的，那封印的美人之泪看起来像薄冰遇到了春风，一点点融化成水，顺着小霾的毛往下流淌，吧嗒吧嗒滴着，亮晶晶如眼泪!

小川紧紧地盯着监视器，傻了! 监狱中存放的是真小霾! 它身上封印的美人之泪正在融化。

小霾昂起的头动了一下，它眨眨眼睛，然后摇摇脖子，抖掉身上的美人之泪——它活过来了。小霾用小爪子梳理自己的毛，看到自己的爪子湿湿的，它舔了一下，然后又开始舔干自己身上的毛。最后它看见自己脚下是湿漉漉的水，就跳下来!

小川扑通一下跌坐在椅子上。

自己费尽心力抓捕回来的只是一个玩具。它还在角落里，脖子上系着红丝带一动不动。

小霾被解放出来，它可开心了，咯咯笑着跑了三圈。突然看见了盆子，它就撅着屁股，趴在盆子边沿喝水，真像小狗一样，用粉红色的小舌头舔着喝水。喝饱后，它满意地摸了摸自己的肚子，舔了舔嘴巴。

多清甜啊! 它好像在说。

小霾看见了小川放进去的玩具——那个系着红丝带的小霾。

它好奇地凑近去，摸了摸玩具的毛，然后又伸出小爪子抓住玩具的手。

毛绒玩具不会动，小霾伸出小舌头，舔了一下毛绒玩具的脸，它还是不会动！

最后，小霾掰开毛绒玩具的嘴巴，往里面看。像看见什么似的，它高兴地跳着脚，欢快地摇着毛茸茸的尾巴，像个看见骨头的小狗。

毛绒玩具的身子摇晃起来，小霾站开一些，充满期待地等着。毛绒玩具嘴巴里飘出一个白点，越来越大，白点砰的一下爆炸了，变成了天使。

正是被封在车厢中又逃出来的洁白天使。

小霾开心地大叫一声，扑过去拥抱天使。

监狱外面，小川笑了。

小霾和这洁白天使都被关在监狱中。他完成了任务，抓住了污染源，他可以放假了。他可以约爱新爵萝一起出海钓鱼了。

而且，他不是脑子有问题，这是真的天使，身边的人都看到了。


监狱里，小霾朝着洁白天使扑过去，他们紧紧地拥抱在一起。

洁白天使并没有像其他人一样感染病毒，他还是一身洁白。他把小霾从怀抱中拉出来，抱怨道："你还认得我这个三叔啊？你玩得都不知道回家！"

监控器前面的人们都大吃一惊，这个天使会说话，而且会说人话。小川和众看守都听懂了。

监狱里，小霾发出吱吱的老鼠声音，像是给天使解释什么。

天使皱着眉头，似乎听懂了小霾的话语，便生气道："在人间混，怎么能不说人话呢？"

小霾又吱吱地跟他说话。

他听懂了，"啊？你认为一个动物说人话，看起来不像话？"三叔生气了，"我看你变来变去，智商都变低了，赶快变回来！"

小霾摇摇头。

天使一把抓住小霾的耳朵拎起来，完全不顾小霾疼得吱吱叫，"你变的是个什么东西，不伦不类的！"他在嫌弃小霾的样子。

"啧啧！年轻人什么审美观啊？"他对小霾横挑鼻子竖挑眼，就是看不惯。

最后他不满意地摇摇头，把小霾扔到地上。

小霾被摔，疼得揉着屁股。

天使不耐烦地催促小霾跟他回家，说着就朝门口走去，尽管那是紧闭着的门，但他好像没有看见似的。

小霾躲在角落不走，它吱吱叫，似乎说了玛丽塔的名字。

"你在这里等玛丽塔？玛丽塔是谁？"洁白天使问，"哦？某个女孩子是不是？你都变成这副模样了，女孩子不会看上你的，跟我回家吧，你走失好久了，该回家了。"

小霾摇头。

天使又要拎小霾的耳朵。小霾却咬了他一口。

天使受不了，"你竟敢咬三叔，看我不打死你！"一个天使一只小霾在监狱中追打。

小霾喷出黑雾，把洁白天使染成了乌黑天使。

天使看到自己身上脏了，受不了，暴跳如雷，"我再也不管你了，你死活跟我无关！"

他伤心地离开，展翅飞翔，就像幽灵一样——他穿墙而过，飞走了。

小川、阿里木教授和典狱长等人都追赶出来，看见天使像幽灵般从监狱墙壁里飞出来，钻进海水里。

海水变成了黑色。

天使钻出来，又恢复了洁白，一尘不染，散发出神圣的光辉，他在水面漂着行走，脚不沾水如履平地。

然后，扑棱一声，他展开翅膀轻飘飘飞向了天空，收回翅膀躺下就变成一团洁白的云朵。

典狱长目瞪口呆，阿里木教授惊讶得张大了嘴巴，他们看见了什么啊？眼睁睁地看着天使变成白云。

这太奇怪了！

但他们没有看错，海和天太纯净了，他们看得一清二楚。

此刻，海面像镜子——那么干净，那么美丽，那么宁静！湛蓝天空上飘着天使变成的洁白云朵。

"你们没有看花眼，"小川对他们说，"这个天使能变成白云，他就是污染源，他攻击了壮熊，破坏了菁桦院，害死了鲁尼，他是另一个霾怪兽。"

"既然还是霾怪兽，"典狱长说，"你们猎霾战队负责把他抓回来吧。"

看来，小川不能享受悠闲假期了，猎霾还将继续。

这是小川最为难的时刻了！他完全不知道如何对付。这是一个全新的霾怪兽，他能穿墙而过，监狱关不住他。

亲爱的读者——就是正捧着这本书的你。

你是怎么应对人生最为难的时刻呢？

我来写故事

爱新爵萝被困在厕所里，有什么妙计能脱身吗？

## 图书在版编目（CIP）数据

猎霾战队. 3，迷雾天使 / 王敏著. —— 北京：作家出版社，2019.7
ISBN 978-7-5212-0429-2

Ⅰ. ①猎… Ⅱ. ①王… Ⅲ. ①长篇小说 – 中国 – 当代 Ⅳ. ①I247.5

中国版本图书馆CIP数据核字（2019）第049775号

**猎霾战队3迷雾天使**

作　　者：王敏
责任编辑：苏红雨　杨新月
装帧设计：孙惟静
封面、内文插图：天怡　殷悦
人物设计：钟诚　Ashly
出版发行：作家出版社有限公司
社　　址：北京农展馆南里10号　　邮　　编：100125
电话传真：86-10-65067186（发行中心及邮购部）
　　　　　86-10-65004079（总编室）
**E-mail:zuojia@zuojia.net.cn**
**http://www.zuojiachubanshe.com**
印　　刷：中煤（北京）印务有限公司
成品尺寸：142×210
字　　数：100千
印　　张：5
版　　次：2019年7月第1版
印　　次：2019年7月第1次印刷
ISBN　978-7-5212-0429-2
定　　价：22.00元